参列者の手から、
フラワーシャワーが降り注ぐ。
綿毛のような、ふわふわとした花である。
よく見たら、ニンジンの花だったので、
リュシアンは笑ってしまった。

豪奢な宮廷の玄関《エントランス》に、美しい貴婦人の姿があった。
品のあるパウダーブルーのドレスに、
パールグレイの髪を美しく結い上げた女性
——ソレーユである。
「早く行きましょう。
王太子殿下が、お待ちだわ」

『王の菜園』の騎士と、『野菜』のお嬢様
3
江本マシメサ
ill. 仁藤あかね

口絵・本文イラスト　仁藤あかね

Contents

お嬢様は結婚式の準備に奔走する 005

堅物騎士は、王の菜園の変化を見守る 035

お嬢様は野菜サロンを開く! 101

堅物騎士は、王の菜園のピンチに戦々恐々とする 150

お嬢様は嵐を恐れず野菜を守る! 177

お嬢様は結婚式の準備に奔走する

厳しかった冬が過ぎ去り、流れる風に春の暖かさを感じるようになった。

リュシアンは馬車の窓の向こうに広がる春の景色を、目を細めながら眺《なが》める。

日が高く昇《のぼ》ると湖の霧《きり》は晴れて、森の新緑が活《い》き活きと輝《かがや》いていた。

「あ！　アンお嬢様、カモが渡《わた》ってきていますよ！」

嬉《うれ》しそうにカモを指差すのは、侍女《じじょ》のロザリーだ。彼女《かのじょ》はリュシアンと同じフォートリエ子《し》爵領《しゃくりょう》の出身である。幼いときからの友であり、妹のように心を許している存在だ。明るい性格で、黒髪《くろかみ》に灰色の目を持つ、リュシアンより一つ年下の愛らしい娘《むすめ》である。

「あんなにたくさんカモがいるなんて。王都は、フォートリエ子爵領より暖かいので、早めに渡ってくるのでしょうね」

「なぜ、カモは渡ってくるの？」

ロザリーに質問するのは、もう一人の侍女ソレーユ。パールグレイの髪に、亜麻色《あまいろ》の瞳《ひとみ》の迫《はく》力《りょく》ある美女だ。

リュシアンの母方の実家であるシュシュ家の親戚《しんせき》に当たる人物で、年はリュシアンと同じ十八。しかしながら、不思議と貫禄《かんろく》のある娘だ。

「あのカモは、冬の間は暖かい地域に飛んで行くんです。それで、春になると、ああやって戻《もど》ってくるのですよ」

「へえ、そうなの。だったら、捕《つか》まえて、食べるの？」

「それは――」

ロザリーは肩《かた》を落とし、しょんぼりする。落胆《らくたん》する様子を見せるロザリーの代わりに、リュシアンが説明した。

「春になると、子育てのシーズンになるので、禁猟《きんりょう》となるのです。カモ猟が解禁となるのは、秋ですわ」

「そうなのね。お父様やお兄様がよく狩猟《しゅりょう》に出かけていたけれど、興味がないから、狩猟にシーズンがあるなんて、気にしていなかったわ。でも、夏の間も出かけていたような気がしたけれど」

「それは、ソレーユさんのご実家の領土内で、畑や果樹園を荒《あ》らす害獣《がいじゅう》退治をしていたのかもしれませんね」

「そうかもしれないわね。カモは、畑を荒らさないの？」

「ええ、特に荒らさないかと」

「荒らしてくれたら、カモを食べられたのに……」

ロザリーはカモ肉が大好きで、カモ猟が解禁となれば兄や父に獲《と》ってくるよう頼《たの》んでいたらしい。

「ロザリー、春先のカモは、おいしくないというお話ですよ」

「うう……」

「リュシアンさん、どうして、春先のカモはおいしくないの？」

「冬はカモの食べ物が少なく、さらに渡り鳥《どり》は長距離《ちょうきょり》を移動してくるので、痩《や》せ細《ほそ》っているのです。そのため、捕まえて捌《さば》いたとしても、食べられるお肉は少ない上に硬《かた》いでしょうね」

「なるほど。そういう事情なのね。勉強になったわ」

ソレーユはカモ事情を理解したようで、満足げに頷《うなず》いている。そして、がっくりとうな垂れるロザリーを励《はげ》ました。

「ねえ、ロザリー。王都には、家禽《かきん》のカモがたくさんいるのよ。お昼は、三人でカモ料理のレストランに行かない？」

「カモのレストラン⁉　そんなものがあるんですか」

「あるのよ」

貴族の中には、カモファンが多い。禁猟シーズンにもカモが食べられるよう、育てている畜《ちく》産家《さんか》がいくつかあるようだ。

「有名なのは、シャラン地方で作られているカモかしら。白い毛並みと極上《ごくじょう》の肉、美しい見目をしていることから、〝カモの王様〟とも呼ばれているの。ローストにしたものはけっこうおいしいのよ」

「カモの王様、ですか！　きっと、舌がとろけるくらい美味《びみ》なんでしょうね」

ロザリーはうっとりしながら、ソレーユの話を聞いている。

フォートリエ子爵領では、伝統的なカモ猟で得た野生のカモ肉しか食べない。リュシアンもロザリー同様、家禽のカモに興味がそそられていた。

「家禽のカモにもいくつか種類があって、国内でもっとも流通しているのは、バルバリー種ね。大柄《おおがら》な割には、お肉に野性味はなく、ジューシーでやわらか。先ほどの、シャラン地方のカモもバルバリー種。次に有名なのは、フォアグラ用として育てるミュラー種かしら。フォアグラを取ったあとは、マグレ・カナールという名前で流通しているそうよ。フォアグラを作らせるためにあえて太らせるから、肉質は歯ごたえがあって、こってりしているわね」

リュシアンやロザリーとは異なるカモの知識を、ソレーユは有していた。ロザリーは尊敬の眼差《まなざ》しを向けつつ、言葉を返す。

「ほえー！　ソレーユさん、詳《くわ》しいですねえ」

「お父様が大のカモ好きで、食べたことのないカモが出てくると、よく料理長を呼んで話を聞いているの」

「シェフを呼べ～ってやつですね」

「ええ、そう」

「そういえば、アンお嬢様のお父君も、おいしい野菜を食べたときに、シェフを呼べ～って言っていますよね」

「ええ。お父様ったら、余所《よそ》の地域で採れた野菜に敏感《びんかん》でして」

「どこの家の父親も、似たようなことをしているのね」

「本当に」

カモの話に花を咲《さ》かせているうちに、王都にたどり着く。本日の目的はカモではない。注文していたリュシアンの婚礼《こんれい》衣装の布を、受け取りにきたのだ。

「アンお嬢様、楽しみですねえ」

「ええ」

今までドレスをあまり作っていなかったからか、リュシアンの婚礼衣装には大金がつぎ込まれることとなった。一級品の絹に、レース、リボンと、贅《ぜい》が尽《つ》くされた一着が完成するだろう。

「アンお嬢様の結婚式の日、私は涙《なみだ》で前が見えないかもしれません」

「ロザリーったら、大げさですわ」

王の菜園へやってきた当初は、結婚などまったく意識していなかった。農業指導者として活《かっ》躍《やく》し、王の菜園での正式採用を目指していたほどである。

未来の夫となるコンスタンタンについて思《おも》い浮《う》かべると、頬《ほお》が熱くなる。

コンスタンタン・ド・アランブール――彼《かれ》は王の菜園の騎士《きし》だ。真面目《まじめ》で清廉潔白《せいれんけっぱく》、そして正義感が強い、物語から飛び出してきたような騎士であった。

そんな彼に見初《みそ》められ、妻になってほしいと望まれたのだ。夢のような話である。

「リュシアンさん、あなたは、幸せになってね」

ソレーユは淡《あわ》く微笑《ほほえ》みながら、リュシアンの手をぎゅっと握《にぎ》る。

彼女もまた、結婚適齢期《けっこんてきれいき》である。以前、約束した婚約《こんやく》を二度も破棄《はき》したと話していた。婚約関係が解消される、というのはたまにある。そうなった場合は、新しい結婚相手を父親が探すのだ。

けれど、ソレーユはリュシアンの侍女になることを望んだ。結婚はしないつもりなのだろう。ソレーユと婚約を結んでいたのは、いったい誰《だれ》だったのか。彼女のほうから話さない限り、詳しい話は聞かないほうがいいだろう。あまり、ソレーユの前で浮かれないようにしなくては。

リュシアンは自分自身に釘《くぎ》を刺《さ》しておいた。

馬車は貴族御用達《ごようたし》の商店街の前で停《と》まった。いつも以上に賑《にぎ》わう街並みに、ロザリーは目を見張る。

「わー、これは、すごいですねえ」

「もうすぐ社交界デビューをする娘達《むすめたち》の、国王陛下への謁見式《えっけんしき》があるから、いつも以上に賑わっているのよ」

「へえ、そうなのですね！」

「リュシアンさんは、社交界デビューの年は王都に来なかったの？」

「ええ。招待はあったのですが、ちょうど、春キャベツの収穫《しゅうかく》のシーズンで、そちらを優先していたら、いつの間にか終わっていたと言いますか、なんと言いますか」

「リュシアンさんらしい理由だわ」

実は、この一件はフォートリエ子爵家では大問題となった。「なぜ行かなかったのか！」と、両親に叱《しか》られたくらいである。

リュシアンにとって、大切に育てた野菜は我《わ》が子《こ》も同然。キャベツを放って、王都に行くなど言語道断だったのだ。

「その言い訳には、両親もほとほと呆《あき》れておりました」

「でも、社交界デビューの年に誰かに見初められていたら、アランブール卿《きょう》とは結婚できなかったわけだから、それで正解だったのよ」

「ソレーユさん、ありがとうございます」

本当に、自分は果報者《かほうもの》だとリュシアンは実感していた。たくさんの幸せを受け取る分だけ、周囲の人達にも恩返しができたらいいと、考えていた。

「リュシアンさん、婚礼衣装の布地を注文したのは、どちらのお店だったかしら？」

「すぐ近くの、二番通りにある〝プ・リュム〟というお店ですわ」

「ああ、あそこ――」

王都にある、もっとも古くて歴史がある、王室御用達店でもある布物商である。どうやらソレーユは知っているようだが、一瞬《いっしゅん》「しまった」という顔をした。リュシアンは気付かなかった振《ふ》りをしておく。

おそらく、ソレーユは〝プ・リュム〟で布を買っていたのだろう。高級品しか扱《あつか》っていない店なので、普段《ふだん》から出入りをしていたのであれば、彼女の実家は相当な金持ちである。

母の生家であるシュシュ家は長い歴史がある一族であるものの、そこまで裕福《ゆうふく》ではない。いったいどういうことなのか、リュシアンは気になったが、今は頭の隅《すみ》に追いやっておく。

人と人の合間を縫《ぬ》うように進み、やっとのことで〝プ・リュム〟に到着《とうちゃく》した。

ここにやってきたのは、一ヵ月前の話である。国王陛下の謁見式があるため、望んでいた絹の布地は売り切れていたのだ。

謁見式には皆《みな》一様に、白く裾《すそ》の長いイブニングドレスをまとう。婚礼衣装も同じ白のドレスなので、発注しないと手に入らないと言われていたのだ。

一ヵ月待ち、ようやく布やレース、リボンが届いたわけである。

大きな出窓から店内を覗《のぞ》き込むと、従業員がわたわたと店内を忙《せわ》しなく走り回っていた。

「アンお嬢様、なんだか、忙《いそが》しそうですね」

「ええ」

一ヵ月前も忙しそうだったが、それの比ではない。何かあったのだろうか。

多忙《たぼう》な時間に申し訳ないと思いつつも、リュシアンは店内へと入った。

「まって、レースの在庫はそれで最後よ！」

「銀糸は、これだけしかないの？」

店内に足を一歩踏《ふ》み入《い》れて尚《なお》、従業員達はやってきたリュシアンに気付かずに右往左往していた。

ソレーユは目を眇《すが》め、店内を睨《にら》むように見つめて一言物申す。

「呆れたわね。王室御用達の名が、泣くわよ」

「おそらく、今がもっとも忙しいシーズンでしょうから」

我慢《がまん》も限界とばかりに、ソレーユが踵《かかと》を鳴らす。すると、従業員の一人が気付いた。

「ああ、お客様、申し訳ありません。ようこそ、いらっしゃいました」

「あの、三日前に、お手紙をいただいておりました、リュシアン・ド・フォートリエと申します」

「フォートリエ様……ああ！」

リュシアンの名前を聞いた途端《とたん》、従業員の女性は深々と頭を下げる。

「申し訳ありません」

「いえ、今はお忙しいシーズンでしょうから」

「あの、そうではなく……」

なかなか頭を上げようとしない従業員を前に、リュシアンは首を傾《かし》げる。

ソレーユは厳しい声色《こわいろ》で問いかけた。

「何？　他に問題があったというの？」

「そ、それが……」

従業員の口から語られたのは、思いがけない情報であった。

「その、王太子殿下《でんか》と、隣国《りんごく》の王女様との結婚が決まった件につきまして、発表されたのは記《き》憶《おく》に新しいことと思いますが――」

なんでも隣国の王女の婚礼衣装を作るために、絹の布やレース、リボンなどが集められているらしい。

「うちの店は、王室御用達でして、一枚でも多くの布を献上《けんじょう》するようにと、宮廷家政官《ハウスホールド》より命令がございまして」

作業台に、宮廷から届けられた勅命状《ちょくめいじょう》が広げられた。従業員が話した通り、隣国の王女の婚礼衣装を作るために一級品の布を集めるよう書かれてある。

「フォートリエ様の布地は予約のお品として別に置いておいたのですが、バタバタとしている間に誰かが宮廷のほうへ運んでしまったようで」

「そう、だったのですね」

レースとリボンも同様に、王女のために献上してしまったようだ。すぐに婚礼衣装作りは開始されたようで、取り返せるような状態ではないと。

なるべく感情を表に出さないように努めていたが、落胆《らくたん》が滲《にじ》んでしまった。おまけに、ため息も出てしまう。

言葉をなくしてしまったリュシアンの代わりに、ソレーユが鋭《するど》く叫《さけ》んだ。

「ちょっと、ありえないわよ！　責任者を出してちょうだい！　今すぐ宮廷に、取り返しに行くのよ！」

「ソ、ソレーユさん、大丈夫《だいじょうぶ》ですので」

「大丈夫なわけないわよ！　一生に一度の、大事な結婚式なのに！」

「そう、ですが……」

今から作らないと、一年後の結婚式には間に合わない。丁寧《ていねい》に刺繍《ししゅう》を入れ、レースを縫い込み、リボンで飾《かざ》るのだ。最後の仕上げは、母親と共に宝石《ビジュー》の粒《つぶ》を縫い付《つ》けるのがフォートリエ子爵領での伝統である。短期間で仕上げるのは、非常に困難なのだ。

「姉の婚礼衣装があるはずです。母に手紙で、聞いてみます」

「リュシアンさん……」

ロザリーがリュシアンの背中を優《やさ》しく撫《な》でる。無意識のうちに、姿勢が曲がっていたようだ。常に背筋を伸《の》ばし、凛《りん》としていないといけないのに。

リュシアンは自らを物わかりがいいと思っていた。しかし、婚礼衣装が作れない件に関しては、驚《おどろ》くほどがっかりしていた。

「あ、あの、フォートリエ様、前金は、お返ししますので」

「え、ええ……」

ロザリーがリュシアンの手を握り、外に連れ出してくれる。あとは、ソレーユに任せるようだ。

外の空気を吸ったら、気も休まるだろう。そう思っていたのに、まったく心は安らがない。それどころか、忙しない街並みを見ていると、不安に襲《おそ》われてしまう。

「アンお嬢様、大丈夫ですか？　どこかで休みます？」

「そう、ですわね。どこか、静かな場所がありましたら……」

ソレーユが店から出てくる。盛大なため息をついたあと、リュシアンに報告した。

「返金してもらったわ。次、同じ品を注文するとしたらいつ届くかと聞いても、わからないと言われてしまったの。予約も、受け付けていないそうよ。作るのは婚礼衣装だけではないようで、王家の名の下《もと》に大量の在庫を押《お》さえられているみたい」

「わー、それは酷《ひど》いですねえ」

ここは王室御用達店。王族が品物を望めば、それ以外の者達の注文は後回しとなる。

王族の婚礼は一大イベントだ。国を挙げて、祝わなければならない。今回ばかりは、仕方がないと割り切るしかないのだろう。

「あと、裁縫《さいほう》職人ロレンスの依頼《いらい》も、取り消しになったそうよ。王女様のドレスを縫うために、彼と彼の弟子《でし》に登城命令が下ったとか」

思いがけない事態に、リュシアンの心はぐらぐら揺《ゆ》らいでいた。これからどうすればいいのか、考えなければいけない。それなのに、頭の中は真っ白になってしまう。

そんな状況《じょうきょう》の中、背後より叫びが聞こえた。

「もう、最悪！　一年前に予約していたドレスが、王女様のせいで急にキャンセルになるなんて！」

振り返《かえ》ると、顔を真っ赤にして怒《いか》りを露《あら》わにする女性がいた。リュシアンと同じように、王女の輿入《こしい》れで取り引きがなかったものにされたようだ。

侍女が諌《いさ》めているようだが、火山が噴火《ふんか》するような怒りは収まらないように見える。

「街中の布やドレスを買い集めているようだけれど、肝心《かんじん》の王女様は一度も姿を現さないって、どうなっているのかしら？」

「お嬢様！　そういうお話は、してはなりませんよ」

「わ、わかっているわよ！」

女性と侍女は、そそくさとこの場を去る。

何やら引っかかることを言っていた。王女が一度も姿を現さないというのは、どういうことなのか。と、考えかけたところで、リュシアンは首を横に振る。ただの噂話《うわさばなし》だ。考えるだけ無《む》駄《だ》だろう。

同じく会話を耳にしていたソレーユが、率直《そっちょく》な感想をポツリと零《こぼ》した。

「よくないやり方ね」

リュシアンはどう言葉を返していいものかわからず、苦笑いを返す。

沈《しず》んでばかりもいられない。ここで、リュシアンは気分を入れ替《か》える。

「何か、おいしい物を食べて、帰りましょうか」

ソレーユはポン！　と手を叩《たた》いて提案した。

「だったら、ここでぱーっと、カモ料理でも食べましょう！」

リュシアンとロザリーがポカンとしている間に、ソレーユは言葉を続ける。

「うじうじしていたって、しょうがないわ。こういうときは、おいしい物を食べるに限るのよ！　お腹《なか》いっぱいになったら、嫌《いや》なことは大抵《たいてい》忘れてしまうから！」

ソレーユが明るく言うので、リュシアンも引きずられる。

「そ、そうですわね。暗くなっている場合では、ありませんわ。せっかく、一ヵ月ぶりに街に来たのですから、おいしい物を食べて帰りましょう。ねえ、ロザリー？」

「あっ、ええ！　その通りですよ、アンお嬢様！」

リュシアンと共にしょんぼりしていたロザリーまでも、明るさを取《と》り戻す。ソレーユのおかげで、ささくれた気持ちが少しだけ直ったように思えた。

「この辺で、おいしいお店といったら、どこでしょう？」

「私に任せてちょうだい。会員制のカモ料理店に案内するわ。ついてきてちょうだい」

ソレーユの先導で、カモ料理の店を目指す。どうして、ソレーユが会員制のカモ料理店を知っているのか。疑問に思うなど野暮《やぼ》だろう。リュシアンはそう思うことにした。

商店街を抜《ぬ》け、中央通りを通過し、貴族の者達が行《い》き交《か》う高級レストラン街にたどり着く。

ここの通りにやってくるのは、初めてであった。

「あの～、ソレーユさん。この辺りのお店って、会員でないと入れないのでは？」

「大丈夫よ。お父様が常連だから、顔を出したら通してくれるわ」

「すごいですねえ。ソレーユさんのお父様は、何者なんでしょうか？」

ロザリーの問いに、ソレーユはハッとなる。目を伏《ふ》せ、どう答えようかうろたえているように見えた。

「そ、それは――」

明らかな動揺《どうよう》を表情に滲《にじ》ませている。リュシアンは気の毒に思い、助け船を出してあげる。

「ソレーユさんのお父上は、おいしいカモ博士ですわ」

「ああ、そうでしたね！　カモ博士オススメのお店、楽しみです」

「ええ。ソレーユさん、案内してくださいな」

「も、もちろん！」

ソレーユは心底ホッとした様子で歩き始める。隠《かく》し事《ごと》が苦手なタイプなのだろう。

聞かないほうがいいと考えていたが、やはり事情を伺《うかが》っていたほうがいいのではと考え始める。そのほうが、助け船も出しやすい。タイミングを見計らいながら、ソレーユとの時間を作る必要があるだろう。

そんなことを考えているうちに、カモ料理のレストランにたどり着いたようだ。

赤レンガに白い出窓がオシャレな建物であった。看板はカモの形を模していて、なんとも可愛《かわい》らしい。

「少しだけ、こちらで待っていただける？　中で、オーナーに挨拶《あいさつ》をしてくるから」

「わかりました」

ソレーユに任せている間、リュシアンは空を見上げた。雲一つない、心地《ここち》よい晴天である。曇《くも》りではなくてよかったと、リュシアンは心から思った。

「ねえ、ロザリー、お姉様達の婚礼衣装の中で、どれがわたくしに似合うと思う？」

「そうですね～。どの婚礼衣装も、すてきだったので、迷ってしまいます」

「わたくしも」

「アンお嬢様は、どんなドレスでも、世界一幸せな花嫁《はなよめ》になるに決まっています」

「ロザリー、ありがとう」

リュシアンがロザリーに微笑みかけると、笑顔《えがお》を返してくれる。

「わたくし、結婚式は婚礼衣装が大事だと、今まで思っていました」

「いや、大事ですよお。今回は、その、残念な結果になりましたが……」

「ええ。ですが、こうして傍《そば》で祝福してくれる、大好きな人達がいることこそ、大事なのだと気づきました」

「アンお嬢様……！」

しんみりしていたところに、ソレーユが戻ってくる。

「リュシアンさん、お席を用意してもらったわ。どうぞ、中へ」

「ソレーユさん、ありがとうございます」

店内はシックで、落ち着いた雰囲気《ふんいき》だった。いたる場所にカモの絵や、置物がある点に関しては、微笑ましいと言うべきか。カモへの愛が、これでもかと溢《あふ》れ出《で》ている。

部屋は個室だった。人目を気にしなくていいので、ホッとする。給仕係《きゅうじ》が引いた椅子《いす》に腰掛《こしか》けていたが、ロザリーは立ったまま迷子になった子どものような表情でいる。

「ロザリー、どうかしましたか？」

「あ、あの、私まで、ご一緒《いっしょ》してもいいのかなと」

「もちろん」

ソレーユも、こくこくと頷いている。

「こ、こんな、高そうなお店で、お食事代も払《はら》えるのかと」

ロザリーの心配に対し答えたのは、ソレーユだった。

「心配なさらなくてけっこうよ。ここはお父様が支払うので、ご心配なく」

「そんな。悪いです」

「ロザリー、ここは、お言葉に甘《あま》えましょう」

「いいのですか？」

「いいと言っているでしょう？」

本日の食事代は、リュシアンが払うつもりだった。二人共遠慮《えんりょ》するのは目に見えていたが、主人として当然だと考えていたのだ。

しかしソレーユの父親の懇意《こんい》にしている店で、支払いを任せていいと言うのであれば、親切な申し出に従うまでだ。

「ロザリー、好意を突《つ》き返すのは、相手の気持ちを無下にするのと一緒ですからね」

「あ……そうでした」

過剰《かじょう》な遠慮は、時に失礼になる。相手の好意に対して深く感謝しつつ、受けるのが正しい。この辺の意識は、しっかり母親から教育されていた。

ロザリーは居心地《いごこち》悪そうに腰掛けたが、椅子のクッションがふかふかだったので表情がパッと明るくなる。

「アンお嬢様、この椅子、ものすごく座《すわ》り心地がいいですね」

「ええ、わたくしも驚きました」

ロザリーに笑顔が戻ったので、ひとまず安堵《あんど》する。

そうこうしているうちに、コース料理が始まった。ひと品目、冷たい前菜はアイガモ肉の冷製ジュレ固め。温かい前菜は、マガモのコンソメである。

「ひゃ～、本当にカモ尽《づ》くしなんですねえ」

「どちらも、とってもおいしいです」

メインはクロワゼカモのコンフィ。ロザリーがクロワゼカモについて質問すると、給仕が答えてくれた。

「クロワゼカモというのは、マガモのメスと採卵《さいらん》用のアヒルのオスを交配させたもので、小型のカモになります。赤身の割合が多く、野性味ある旨味《うまみ》と、やわらかな食感が特徴《とくちょう》です。食通の間で人気の家禽でございます」

「へえ、そうなのですねえ」

説明通り、カモ肉に添《そ》えたナイフに力を入れずとも、切れてしまうほどやわらかかった。当然、味わいも極上である。

デザートはフランボワーズのムースに、カモを模《かたど》ったラングドシャが添えられているものだった。

「ああ、可愛い。アンお嬢様、私、こんなの、食べられないですよお」

「ロザリー、これは食べ物ですからね」

「また、連れてきてあげるから、しっかりお食べなさい」

二人に諭《さと》され、ロザリーはカモのラングドシャを口にする。

「はわー！　サクサクしていて、バターの香《こう》ばしさが効いていて、とってもおいしいですー！」

大満足の昼食となった。

帰りの馬車で、リュシアンはソレーユに感謝の気持ちを伝えた。

「ソレーユさん、今日はありがとうございました」

「あら、何かお礼を言われるようなことをしたかしら？」

「励ましていただいただけではなく、おいしいお料理までごちそうになりました」

「お気になさらないで。カモに関しては、行きの馬車の時点で、だいぶ食べたくなっていたから。ちょうどよかったわ」

ソレーユの一言に、リュシアンは救われたような気持ちになった。

◇◇◇

帰宅後、リュシアンはロザリー、ソレーユと共にジャガイモの収穫を行う。リュシアンの拳《こぶし》よりも大きなジャガイモが、山のように収穫されていた。

ガーとチョーが、リュシアンが収穫したジャガイモの蔓《つる》を咥《くわ》え、木箱の中へと運んで行く。

手伝いをしてくれる二羽《わ》を褒《ほ》めると、嬉しそうにガーガー鳴いていた。

黙々《もくもく》とジャガイモを掘《ほ》り起《お》こしながら、リュシアンは考える。婚礼衣装を、どうすべきなのかと。

ソレーユやロザリーのおかげで元気を取り戻していたが、婚礼衣装がないという問題は付きまとう。

姉達は、果たしてドレスを取っているだろうか。慈善《じぜん》活動で、何枚かドレスをばらした、なんて話も聞いていた。妙《みょう》に思い切りのよいところもある姉ばかりなので、保管しているのか非常に怪《あや》しい。

まずは、母クリスティーヌに相談すべきだろう。

もう少し早く布を取りに行っていたら、手元にあったのだろうか。

しかし、昨日までのスケジュールは、どれも外せないものであった。仕方がないとしか言いようがない。

と、考え事をしながらジャガイモの収穫をしていたのがよくなかったのだろう。

立ち上がった瞬間《しゅんかん》に、ジャガイモの蔓に足を引っかけて転んでしまう。

「きゃあっ!!」

悲鳴を上げた瞬間、声がかかった。

「アン嬢《じょう》、大丈夫か!?」

近くを歩いていたらしいコンスタンタンが、転んだリュシアンのもとへ駆《か》け寄《よ》る。泥《どろ》だらけとなったリュシアンの腕《うで》を引き、腰《こし》を支えて立ち上がらせてくれた。それだけではなく、ハンカチで顔を拭《ぬぐ》ってくれる。

「コ、コンスタンタン様、その、ありがとうございます」

「怪我《けが》は、ないようだな」

「おかげさまで」

穴があったら入りたい。リュシアンはそんな気分となる。

ロザリーが駆けてきて、遠慮ぎみに「本日のお仕事は、これで終わりにしましょう」と声をかけた。

家に戻る前に、ひとまず休憩《きゅうけい》をする。

リュシアンとコンスタンタンのために、畑の前に敷物《しきもの》が広げられ、温かい茶と菓子《かし》が用意された。

「では、ごゆっくり」

コンスタンタンと二人きりになってしまう。なんとなく、気まずい思いを押し隠していたら、コンスタンタンのほうから声をかけてきた。

「アン嬢、今日は、どうかしたのか？」

コンスタンタンはリュシアンをひと目見た瞬間に、何かあったのだと勘《かん》づいたようだ。

「えっと、もしかして、わたくしの顔に何かあったと書いてありましたか？」

「いや、普段通りと言えばそうだが、一瞬、私から目を逸《そ》らしたから」

「お恥《は》ずかしい限りです」

感情を外に出すべきではない。そう躾《しつ》けられたリュシアンであったが、まだまだ修業《しゅぎょう》不足だったようだ。しょんぼりとうな垂れながら、先ほどあった件について話す。

「実は、婚礼衣装の布とレース、リボンを受け取りにいったのですが、王女様に献上してしまったようで、お店になかったのです。この先注文も受け付けていないようで、どうしようかと考えていたら、あのような醜態《しゅうたい》をさらしてしまいました」

「そう、だったのだな」

「はい」

コンスタンタンはリュシアンの紅茶のカップに、角砂糖を落としてくれる。ソーサーごと差し出されたカップを受け取り、紅茶を飲んだ。

「おいしいです」

そう呟《つぶや》くと、コンスタンタンは安堵《あんど》したのか僅《わず》かに目を細める。

「婚礼衣装は、姉が着たものを、借りられたらなと思っているのですが」

「ああ、そうか。そういう手段もあったな」

コンスタンタンは何か閃《ひらめ》いたのか、ハッとなる。

「アン嬢、私の母の婚礼衣装もある。毎年使用人に頼んで、手入れをしていると話していた。きれいな状態で保管されているかもしれない」

「コンスタンタン様のお母様のドレス、ですか？」

「ああ。一度、見てみないか？」

「はい!!」

そうと決まれば、早いほうがいいだろう。コンスタンタンとリュシアンは、急ぎ足でアランブール伯爵邸《はくしゃくてい》まで戻った。

執事《しつじ》に婚礼衣装について尋《たず》ねると、すぐに出てくる。木箱に収められていた衣装を、見せてもらった。

「こちらが、コンスタンタン様の母君が着ていらっしゃった、婚礼衣装でございます」

「まあ……！」

コンスタンタンの母のドレスは首元が詰《つ》まっており、肩はパフスリーブがふんわり包み込んでいて、袖《そで》は長い。腰周りをきゅっと縛《しば》るリボンがあしらわれており、スカートは幾重《いくえ》にも重ねられたレースのパニエ入りで、優雅《ゆうが》なラインを作り出す。

レースやリボンなどの装飾《そうしょく》はほとんどなく、実にシンプルなドレスであった。

古き良き物語に登場するお姫様《ひめさま》みたいなドレスを前に、リュシアンはうっとり見入ってしまう。まさに、理想とも言える婚礼衣装が、目の前にあったのだ。

「アン嬢、どうだろうか？」

「とても、とても、すてきだと思います」

「ならば、このドレスを、着てくれるか？」

「はい‼」

元気よく返事をしたあと、リュシアンはハッとなる。婚礼衣装を前に、ある疑問が浮かんだのだ。

「アン嬢、どうした？」

「あの、こちらの婚礼衣装は、染《し》み一つありません。きっと、大切に、大切に保管していたのでしょう。この、宝物のようなドレスを、わたくしが着てもいいのかと思いまして」

「アン嬢が着てくれたら、母も喜ぶと思うのだが……。気になるのであれば、一度父に、話をしてみよう」

「はい、よろしくお願いいたします」

コンスタンタンの父、グレゴワールはすぐに時間を作ってくれたようだ。リュシアンはドキドキしながら、事情を話しにいく。

「どうしたんだ、二人共、かしこまって」

「実は——」

隣国の王女の輿入れで、注文していた婚礼衣装の布やリボン、レースが受け取れなかったこと。それによって裁縫師ロレンスやその弟子までも宮廷に呼ばれ、ドレスの製作までもキャンセルされてしまったことを報告する。

「なるほど。それは、大変だったな。なんと言葉をかけていいのか、わからないが……。しかし、いささか不思議だな」

「父上、不思議、というと?」

「王族の結婚の準備は、ここまで慌《あわ》てて行うものではないのだが……」

「ああ、言われてみれば、たしかにそうですね」

コンスタンタンとグレゴワールの会話を耳にしながら、リュシアンはふと思い出す。王女が一度も嫁《とつ》ぎ先《さき》を訪問していないという話を、偶然《ぐうぜん》街中で聞いてしまったのだ。

「アン嬢、どうかしたのか?」

「あ、いえ。王女様についての噂話を、聞いたものでして……」

グレゴワールがすぐさま、「聞かせてくれ」と言う。

「え、ええ。その、本当かどうかはわからないのですが、どうやら王女様は、一回もお城に顔を出していないようなのです」

「そうだったのか。詳しい事情は想像もできないが、何か、わけありなのだろうな」

不測の事態であるのは確かなのだろう。口の堅《かた》い人材を集める時間がないほど、バタバタしているようだ。

「まあ、この辺は考えても仕方がないことだな」

「ええ」

ここでやっと、本題に入る。コンスタンタンは改めて背筋をピンと伸ばし、緊張《きんちょう》の面持《おもも》ちでグレゴワールへ話しかけた。

「それで父上に、一点伺いたいことがありまして」

「なんだ？」

「母上の婚礼衣装を、リュシアン嬢に貸していただきたいなと」

グレゴワールは目を見開き、信じがたいという視線をコンスタンタンに向けていた。

「いや、あれは……！」

「父上、どうか、お願いいいたします」

「しかしだな……」

やはり、リュシアンが袖を通すなんて、きわめて図々《ずうずう》しく不届きなことだったのだ。

リュシアンは深々と頭を下げ、謝罪する。

「申し訳ありません。過ぎたことを、望んでしまいました」

「いやいやいや、リュシアンさん、そういうわけではないんだ！」

「父上、どういうわけなのですか？」

「あれは、二十年以上も前のドレスだ。流行遅《おく》れの、古くさいドレスだろう？　リュシアンさんにはもっと、華《はな》やかできれいなドレスのほうがいいと思ったんだ」

「わたくしは、コンスタンタン様のお母様の婚礼衣装、身に纏《まと》いたいです」

感情が高まり、声が震《ふる》え、涙までもポロポロ零してしまう。

「父上……」

「ああ、リュシアンさん、申し訳ない！　まさか、そんなにあの婚礼衣装を気に入ってくれたなんて！　なんだ、その、ドラン商会のドニ殿《どの》に婚礼衣装を用意できないか相談したら、どうにかなるかなとか、そういうことも考えていたんだ」

グレゴワールと親しくしているドニが会長を務めるドラン商会は、雑貨商であるがなんでも屋だ。かつて、グレゴワールはドラン商会に結婚式《けっこんしき》の支度《したく》を頼《たの》んだという話を、リュシアンも聞いていた記憶がある。おそらく、頼めば婚礼衣装も用意してもらえるのだろう。

「ああ、そうだ。思い出した。このドレスも、ドラン商会に頼んだものだ。ほら、ドレスが入っていた木箱の蓋《ふた》に刻印があるだろう」

「本当、ですね」

「手広い商売をしているようだ。まあしかし、この婚礼衣装を気に入ったのならば、着てくれたほうが妻も喜ぶだろう」

グレゴワールのその一言を聞いたリュシアンの涙は、一瞬で引っ込む。

「ほ、本当に、よろしいのですか？」

「同じ言葉を、リュシアンさんにお返しするよ」

「わたくしは、嬉《うれ》しいです。とても、すてきなドレスですので」

「そうか。だったら、着てやってくれ」

「はい！　ありがとうございます」

リュシアンは深々と、頭を下げた。

そんなわけで、無事にリュシアンの婚礼衣装が決まった。

婚礼衣装は手入れがなされ、リュシアンの部屋にトルソーに着せられた状態で運びこまれる。

ロザリーやソレーユと共に、感慨深《かんがいぶか》い気持ちで眺《なが》めていた。

「何回見ても、すてきなドレスですわ」

その言葉に、ソレーユは深々と頷《うなず》く。

「そうね。今風ではないけれど、どこか品があって、美しいドレスだと思うわ」

「アンお嬢様《じょうさま》、よかったですね」

「はい！」

ただ一点、気になることがあった。リボンが結ばれた腰回《こしまわ》りが、リュシアンのウエストよりも細く見えたのだ。

恐《おそ》る恐る腰回りに触《ふ》れ、そのあと自らのものと比べる。

「……ドレスのほうが、細いように思えるのですが」

ソレーユはドレスとリュシアンを見比べ、はっきり告げた。

「そうね」

コンスタンタンの母親は、かなりの細身の体型だったようだ。

「わたくし、最近、味見だと言って、王の菜園の野菜を使った料理やお菓子を食べていたので、その、太って、しまったのかもしれません」

いたたまれない雰囲気となる。仕立て直すことも可能だが、リュシアンは現状のスッキリしたシルエットがお気に入りだった。

「わたくし、甘いものを必要以外は絶って、減量いたします」

リュシアンの決意に、ロザリーは拍手《はくしゅ》する。ソレーユは「私も付き合うわ」と言ってくれた。
結婚式まで――残り十一ヵ月。リュシアンの挑戦《ちょうせん》が、始まろうとしていた。

堅物騎士は、王の菜園の変化を見守る

つい最近まで、冷気を含《ふく》んだ北風がぴゅうぴゅうと吹《ふ》いていたが、ここ最近は春の温かな風が吹いている。

太陽が昇《のぼ》る前に外に出ても、霜《しも》をザクザクと踏みしめることはなくなった。

代わりに、土から若葉が顔を覗かせる。

冬の景色から、瞬《また》く間《ま》に春へと変わってきていた。

復活祭のシーズンとなれば社交も頻繁《ひんぱん》になり、宮廷より王の菜園の野菜を送るようにという指示がひっきりなしに飛んでくる。

コンスタンタン率いる王の菜園の騎士こと〝第十七騎士隊〟は、以前よりずっと真面目《まじめ》になった。勤務中、欠伸《あくび》をしたり、座り込んだりしている者はいなくなった。

すべては、リュシアンから教えてもらった一人一人役目を与《あた》え、責任者にするという作戦が功を奏しているのだ。

リュシアンのおかげで、王の菜園は大きく変わりつつある。

王の菜園では農業従事者たちが、せっせと働いていた。そろそろ、春野菜の収穫シーズンとなるだろう。夏野菜の種蒔《たねま》きも始まっている。忙しい毎日は相変わらずのようだ。

ガチョウのガーとチョーが畑を走り回る様子も、すっかり見慣れた。

近衛《このえ》騎士から王の菜園の騎士となったコンスタンタンだったが、自分でも驚くほど環境《かんきょう》に適応している。そのすべては、リュシアンのおかげだろう。

王都も、変化しつつある。王太子イアサントが国王に直談判《じかだんぱん》し、税率についても見直された。国民と貴族、王族の間にあった軋轢《あつれき》は、和《やわ》らいでいるという話をドラン商会のドニから聞いた。すべては、王太子の采配《さいはい》のおかげだろう。

王の菜園の野菜を通じて、王太子を支えられることを、コンスタンタンは誇《ほこ》りに思う。

王太子と隣国の王女との結婚《けっこん》についても、国民は祝福ムードである。なんといっても、三十年ぶりの王太子の結婚式だ。盛り上がらないわけがない。

ただ、心配な点がある。王女を歓迎《かんげい》するあまり、流通している絹糸や布、宝飾品《ほうしょくひん》などを優先的に宮廷へ献上《けんじょう》しているというのだ。リュシアンのように、涙《なみだ》を呑《の》んでいる者も少なからず存在するだろう。その辺を、王太子はどう考えているのか。雲の上にいるような存在ではあるが、一度問いかけてみたいとコンスタンタンは考えていた。


王の菜園の計画は、リュシアンを中心として進められている。

まず、目指しているのは王の菜園の喫茶店《きっさてん》を夏までにオープンすること。王都に向かう人々が気軽に立ち寄れるような、憩《いこ》いの場を目指しているという。

リュシアンは日々、王の菜園の仕事を手伝い、農業従事者に指導を行いつつ、喫茶店のメニューを考え、試作品を作っている。

それ以外に、結婚式の準備も進めていた。王の菜園の事業で彼女《かのじょ》が忙しくしている分、コンスタンタンが中心となって仕事を担《にな》うようにしていた。だが、悪いと思っているのか、しきりに「手伝うことはありませんか？」と聞いてくるのだ。

この辺もきっちりと考えを伝え、話し合わなければ。そう思い、夜、リュシアンを私室に呼び出した。

リュシアンは鍋《なべ》が載《の》ったワゴンと共にやってくる。コンスタンタンが出迎《でむか》えると、にっこりと微笑《ほほえ》んだ。なんと愛らしい笑顔なのか。と、思う前に、鍋について質問する。

「アン嬢、それは、喫茶店の試作品か？」

「いいえ、こちらは、コンスタンタン様のために作った、ビーツのポタージュですわ」

試作品であれば、頑張《がんば》り過ぎだとたしなめるつもりでいた。しかし、コンスタンタンのために作ったものだと聞くと、何も言えなくなる。

「ビーツは初夏と、秋から冬にかけて収穫《しゅうかく》できる野菜なのですが、間引いたものにいくつか実がついていたので、買い取らせていただいたのです」

なんでもビーツは栄養が豊富で、健康にもいいことから〝奇跡《きせき》の野菜〟とも呼ばれているらしい。

「ビーツは、むくみを解消したり、血液の流れをよくしたり、腸内の環境も整えてくれるのです。季節の変わり目は体調を崩《くず》しやすいので、ビーツのポタージュを飲んで体を温めて、ゆっくりお休みになってくださいね」

「アン嬢……その、感謝する」

感謝の気持ちを伝えるとリュシアンは頬《ほお》を染め、愛らしく微笑んだ。

「仕事を終えたあとで、作るのは大変だったのでは？」

「いいえ、まったく。コンスタンタン様が元気になるのであれば、それ以上に嬉しいことはありませんわ」

リュシアンはこんなにも、こんなにもコンスタンタンを想《おも》ってくれるのだ。感激のあまり、涙が零れそうになった。目頭《めがしら》を押さえ、なんとか堪《こら》える。

「コンスタンタン様、いかがなさいましたか？」

「なんでもない。ポタージュを、いただけるだろうか？」

「はい！」

蓋を開くと、ふんわりと湯気が漂《ただよ》う。鶏《とり》ガラと胸肉、香味《こうみ》野菜を煮《に》込んだスープに、すったビーツとタマネギを加えてさらにじっくり煮込んだものらしい。

とろみのあるスープを、リュシアンは優しく深皿に装ってくれた。

「コンスタンタン様、どうぞ」

「ありがとう」

リュシアンと共に、ビーツのポタージュを飲む。

まず、ビーツの甘みが疲《つか》れた体に染み入《い》るようだった。それから、ポタージュに溶《と》け込んだ

豊かなコクを感じる。リュシアンの愛情も入っているからか、余計においしかった。

「コンスタンタン様、いかがでしょう?」

「とても、おいしい。喫茶店のメニューに加えても、いいくらいだ」

「本当ですか? 嬉しいです」

喜ぶリュシアンを前に、コンスタンタンはどうしたものかと天井《てんじょう》を仰《あお》ぐ。

毎日頑張っている彼女に、頑張り過ぎるなと言うのは心が痛む。だが、言わなければいつか、リュシアンは体調を崩してしまうだろう。

コンスタンタンの母カトリーヌのように、衰弱《すいじゃく》したリュシアンなど、見たくなかった。

ありったけの勇気をかき集めていたら、先にリュシアンのほうがコンスタンタンに話しかけてきた。

「あの、実は、コンスタンタン様にお伺いしたいことがございまして」

「なんだ?」

「以前より、ソレーユさんと話し合っていたのですが――」

なんでも、貴族女性を集めて活動する〝野菜サロン〟なるものを開きたいらしい。

「王の菜園で野菜の収穫をしたり、喫茶店で働いたり、下町で食に困っている人に向けた炊《た》き出《だ》しをしたりと、王の菜園で行う慈善活動をメインにした集まりを作れたらいいなと考えているのですが、いかがでしょうか?」

「それは、いいかもしれない」

現状、事業の負担は、リュシアンに重くのしかかっている。〝野菜サロン〟なるものが誕生すれば、リュシアンの負担も軽くなるのではないか、という考えにコンスタンタンは至った。

「今度、喫茶店を借りて、お茶会を開いてもいいでしょうか?」

「ああ、構わない。予算は、私が出そう」

「そんな、悪いです」

「アン嬢のために、何かしたいだけだ。気持ちだと思って、受け取ってくれると嬉しい」

「コンスタンタン様……ありがとう、ございます」

リュシアンが働き過ぎる問題に関しては、なんとかなりそうだった。

頑張り過ぎないようにと言ったからといって、具体的な対策は何もなかったので心から安堵する。

「コンスタンタン様も、わたくしに話があるのですよね?」

「そ、それは――」

今しがた、解決した。とは言わずに、何かないのかとひねり出そうとする。

すると、忘れていた用事を偶然思い出した。

「そういえば、結婚指輪を、そろそろ用意したいと考えているのだが――」

婚約《こんやく》指輪は、シンプルな銀の指輪だった。結婚指輪は、華やかな物にしたい。

いったいどういった品を贈《おく》ればいいのか悩《なや》み、王太子の近衛部隊時代の同僚《どうりょう》だったクレールに手紙を送って相談した。すると彼《かれ》は、「本人に聞くのが一番だ」とアドバイスしてくれる。

「アン嬢は、結婚指輪はどのような品がいいか、希望はあるだろうか？」

これで、大丈夫《だいじょうぶ》。コンスタンタンはそう思っていたが、リュシアンは想像もしていなかった、思いがけない返答をする。

「わたくしは、コンスタンタン様が選んでくれた品ならば、どのような品でも嬉しく思います」

「私が……か。そ、そうか」

話は出発点に戻《もど》ってしまった。

いったい、年若い娘《むすめ》はどんな品を喜ぶのか。コンスタンタンは心の中で頭を抱《かか》える。ついでに、どうすればいいんだと、叫《さけ》んだ。もちろん、心の中で。

「コンスタンタン様は、どのような指輪が好きなのでしょうか？」

「私か？　正直、あまり、指輪を意識した記憶《きおく》がなく……その、どのような意匠《いしょう》があり、結婚指輪として何がふさわしいのか、よくわかっていないのが現状だ」

以前、リュシアンから宝石について軽く習った。コンスタンタン自身も、暇《ひま》があれば裸石《ルース》について書かれた本を読み、知識を深めていた。

だが、宝飾品として加工されたものは別物で、異なる知識が必要なのだろう。

このような状態で、リュシアンの結婚指輪を選んでいいものなのか。疑問が荒波《あらなみ》のように押し寄せてくる。

「でしたらコンスタンタン様、わたくしと一緒に、指輪を見に行きませんか？」

「ああ、そうだな。それがいい」

リュシアンが天使に見えた。笑顔が、これでもかと輝《かがや》いて見える。思わず、手と手を合わせて祈《いの》りを捧《ささ》げてしまいそうになった。

安堵しかけたところで、コンスタンタンは我に返る。

「そういえば、ドラン商会のドニ殿が話していたのだが、隣国《りんごく》の王女を迎《むか》えるにあたって、その、悪く言えば宮廷《きゅうてい》の買い占《し》めが各市場で行われているようだ」

「まあ。でしたら、指輪も……」

「そうだな。ないかもしれない。まあ、国中の宝飾品の買い占めは、難しいだろうが」

今風の宝飾品は、王女に献上《けんじょう》されたあとだろう。コンスタンタンはがっくりと、うな垂れてしまう。

「コンスタンタン様、大丈夫ですわ。お母様の婚礼《こんれい》衣装のように、わたくし達《たち》に合った指輪があるはずです」

前向きな発言をするリュシアンが、大天使に見えた。この先の生涯《しょうがい》、彼女一人だけを信仰《しんこう》しようと心の中で誓《ちか》うコンスタンタンであった。

◇◇◇

五日後の休日、リュシアンとコンスタンタンは結婚指輪を買いに街に出かける。

若芽がすくすく育つ新緑の森を、馬車は走っていた。

ロザリーとソレーユに囲まれて喋《しゃべ》るリュシアンは、とても楽しそうだった。これまで、共に馬車に乗り込むと、リュシアンとロザリーは喋らずに大人しくしていた。ソレーユが加わったからだろうか、いい意味で遠慮がなくなったように見える。

ソレーユが来たことにより、リュシアンの視野も広がっているように感じた。

ただ、ソレーユはただの娘ではない。

彼女はリュシアンの母方の親戚《しんせき》、シュシュ家の娘としてやってきた。だが、共に過ごしていると、明らかにその辺にいる貴族の娘とは雰囲気が異なる。

実際は、デュヴィヴィエ公爵家《こうしゃくけ》のご令嬢《れいじょう》だ。かつては王太子と婚約していた。だが、隣国の王女との結婚話《けっこんばなし》が浮上《ふじょう》したために、婚約は破談となった。

代わりに、第二王子と婚約を結んだようだが、それも上手《うま》くいかなかった。

というのも、第二王子は呆《あき》れるほどの奔放《ほんぽう》な性格で、愛人との間にできた子どもをソレーユとの間に生まれた子として育てるように言ってきたのだという。

その発言は、ソレーユを徹底的《てっていてき》に蔑《ないがし》ろにしたものだった。

第二王子の命令を果たせないと判断したソレーユは、ここにいても意味はないと判断。その後、二階の窓から飛び出したという。

自殺しようとしたのではない。生か死か、自らの運にかけたのだという。

死んだらそれまで。しかし、生きていたら自由に生きよう。そんな賭《か》けに、ソレーユは勝ったのだ。

王都から単独でフォートリエ子爵領《ししゃくりょう》まで渡《わた》り、リュシアンと出会った。侍女《じじょ》の手を借りず、三日もかかる道のりを乗り切ったのだ。

正直、ソレーユの運の良さには、感嘆《かんたん》しかない。世間知らずの貴族令嬢が一人旅をするなど、自殺行為《こうい》に等しいものだから。ソレーユ自身も、世の中を把握《はあく》しているわけではなかった。

怪しい商人に引っかからず、ならず者に拐《かどわ》かされず、詐欺《さぎ》を働く者の誘惑《ゆうわく》もなかった。ソレーユの旅路のすべてが、奇跡の連続だ。

コンスタンタンとの出会いも、彼女の運のよさが引き寄せたものだと思っている。

ソレーユは街中で悪質な客引きに対し、果敢《かかん》に言葉を返していた。ただ、コンスタンタンが助けなければ、無理矢理《むりやり》どこかへ連れ去られていただろう。

そんなコンスタンタンとの邂逅《かいこう》が、リュシアンとの出会いに繋《つな》がったのかもしれない。

今、ソレーユは王の菜園で、生き方を模索《もさく》している。どうか、彼女に幸《さち》あれと、願わずにはいられない。

ちなみに、ソレーユの実家であるデュヴィヴィエ公爵とは連絡《れんらく》を取り合っている。一ヵ月に一度、グレゴワールがアランブール伯爵家《はくしゃくけ》の当主としてソレーユの様子を報告しているようだ。

「――アランブール卿《きょう》は、どれがお好きなの？」

いきなりソレーユに問いかけられ、コンスタンタンはハッとなる。何か会話をしていたようだが、内容は耳にしていなかった。

ソレーユが「話を聞いていなかったのか」と、責めるような視線を向けられる。それに気付いたのか、リュシアンがコンスタンタンを庇《かば》うように話を振《ふ》ってくれた。

「好きな宝石について、お話しをしていたんです。わたくしはエメラルド、ロザリーはラピスラズリ、ソレーユさんはダイヤモンドが好きなのですが、コンスタンタン様はどの宝石を好んでいるのかなと」

「私は――」

リュシアンと目が合った瞬間、裸石の書物に書かれていた、ある宝石に関する情報を思い出す。青空をくり抜《ぬ》いたような、澄《す》んだ青。

実際に見たことのない宝石だが、リュシアンの瞳《ひとみ》のように美しいのだろう。その宝石の名は――。

「ブルーアパタイト」

口にするつもりはなかったので、コンスタンタンは自分自身の発言に驚《おどろ》いてしまう。

「あら、珍《めずら》しい宝石がお好きなのね」

透明感《とうめいかん》のある澄んだ空のような青から、緑、黄色、褐色《かっしょく》と、様々な色合いがあるという。

「アンお嬢様、ブルーアパタイトって、ご存じですか？」

「ええ。裸石ならば、見たことがありますわ。とっても、きれいな宝石です」

「だったら、ブルーアパタイトの指輪を探したらいかがでしょう？」

ロザリーの提案に、リュシアンは眉尻《まゆじり》を下げる。

「アンお嬢様、何か、不都合があるのですか？」

「ブルーアパタイトは、とても傷つきやすく、アクセサリーの加工には向かない宝石なのです。結婚指輪は常に身に着けておきたいので、屈強《くっきょう》な宝石がいいのかもしれません」

「そうなんですねえ」

コンスタンタンが見つめているのに気付いたリュシアンは、慌てた様子で弁解する。

「あ、えっと、ブルーアパタイト自体は、わたくしも大好きです。その、とてもきれいですし、繊細《せんさい》な色合いで、見とれてしまった記憶がございます」

「宝石は見目の美しさだけではなく、性質も気にする必要があるのだな」

「そ、そうですね」

リュシアンの希望する屈強な宝石があしらわれた指輪は、果たして売っているのか。どうか、気に入る品があるようにと、コンスタンタンは願っていた。


復活祭のシーズンは、一年の中で最高の賑《にぎ》わいを見せている。

地方からやってきた貴族が、一斉《いっせい》に夜会の身支度《みじたく》を行ったり、タウンハウスを整えるために買い物をしたりするからだ。

人が増えるにつれて、街中でのトラブルも多くなる。そのため、すれ違《ちが》う騎士は普段《ふだん》よりもずっと多い。

王女の輿《こし》入れ準備の影響《えいきょう》で、商店に欲《ほ》しい品がなかったのか。道行く人達は苛立《いらだ》っているように見える。

　街の空気は、普段よりも悪いように思えた。

「コンスタンタン様、すごい人混《ひとご》みですね」

「ああ、そうだな」

　人込みで、まっすぐ歩けないほどだった。リュシアンを傍《そば》に寄せ、しっかり守るように歩く。いつも以上に人が多く、うんざりしてしまった。

「以前よりも、ずっと増えているだろう？」

「はい。先日来たときは、このように多くなかったかと」

「気を付けないといけないな」

「ええ」

　一応、街の治安の悪化については、馬車の中で話していた。コンスタンタンの傍から離《はな》れず、よそ見をして歩かないようにと、噛《か》んで含めるように説明していた。

　だが――事件は想定外の中で起こった。

「きゃっ！」

　すぐ背後を歩くソレーユが、軽い悲鳴を上げた。コンスタンタンはすぐに振り返《かえ》り、どうしたのかと問いかける。

「驚いたわ。いきなり、小さな子どもがぶつかってきたの。お父様と、はぐれてしまったのかしら？」

「子ども？」

周囲を見渡《みわた》すが、子どもの姿はない。

「どこに、子どもが……？」

迷子ならば、騎士隊の詰め所《しょ》に連れていったほうがいい。しかし、当の子どもは影《かげ》も形もなかった。

「ソレーユ嬢、子どもはどこに行った？」

「走っていたから、よくわからないわ」

「走って――？」

ここで、コンスタンタンはハッとなる。ソレーユに、すぐさま問いかけた。

「財布《さいふ》は、あるか？」

「え？」

コンスタンタンの質問に、ソレーユはピンときていないのかポカンとしていた。

リュシアンがソレーユに接近し、耳打ちする。おそらく、スリに遭《あ》ったのかもしれないと言っているのだろう。

ソレーユは肩《かた》をぶるりと震わせたあと、鞄《かばん》を探《さぐ》る。

「さ、財布が、ないわ」

「子どもの特徴《とくちょう》は？」

「赤毛にそばかすがある、緑色のワンピースを着た、十歳前後の、女の子、よ」

コンスタンタンはリュシアンとソレーユに近くにあった喫茶店で待つように告げ、ロザリーと共に子どもが逃《に》げたという方向へ走る。

すると、大通りから逸れた路地に、赤毛の少女がいた。ソレーユから奪《うば》ったであろう財布を、物色している最中だった。現場からそこまで離れていない。常習犯《じょうしゅうはん》なのだろう。

着ているワンピースは衿《えり》や袖、裾《すそ》がほつれ、全体的にボロボロだ。ずいぶんと長い間着古しているように見えた。手足もガリガリで、まともな食事を取っていないのは目に見えている。

コンスタンタンは慎重《しんちょう》な足取りで接近し、少女に話しかけた。

「すまない。その財布は、私の連れの物なんだ。返してくれないか？」

コンスタンタンの姿を確認《かくにん》した少女は、途端《とたん》に逃げようとした。だが、ロザリーが回り込んで制する。

「返してくれたら、それでいい。頼む」

よくはない。けれど、情勢を考えたら仕方がないとも言える。

王太子の働きかけで、下町の者達の暮らしはよくなったとコンスタンタンは思い込んでいた。

しかし、現実は違った。

いくら税率が下がっても、失った職が元に戻るわけではない。路頭に迷った者達の暮らしが、すぐによくなるわけでもないのだろう。

コンスタンタンは、物事の全体を理解しているわけではなかったのだ。

盗《ぬす》んででも金を得ないと、少女は生きていけないのだろう。コンスタンタンは銀貨を少女に差し出す。

「これをあげるから、財布を返してくれ」

そう言った瞬間《しゅんかん》、少女はコンスタンタンの手に噛みついてきた。

目と目が、交わる。少女はゾッとするほどの恨《うら》みを、瞳に滲《にじ》ませていた。

まだ、十歳《さい》にも満たないような少女だろう。それなのに、これほどの強い負の感情をくすぶらせているとは。まだ、両親に庇護《ひご》され、大切にされている時期だろうに。

コンスタンタンの胸が、ぎゅっと締《し》め付《つ》けられる。

父親がいて、母親がいて、当たり前のように三食食べ、温かい風呂《ふろ》に入り、清潔な寝所《しんじょ》が用意されている。そんな生活は、世界共通の〝当たり前〟ではないのだ。

少女の瞳は、恵《めぐ》まれた者への憎《にく》しみと侮蔑《ぶべつ》でらんらんと光る。

彼女の行いは悪だ。けれど、子どもを犯罪に走らせてしまう責任は、他にあるように思える。

非常に難しい問題だ。

「うう、ううう！」

少女は力いっぱい、コンスタンタンの手に噛みついている。

振り払《はら》うのは簡単だが、怪我《けが》をさせてしまうだろう。躊躇《ためら》っていると、皮膚《ひふ》にぷつりと赤い血の珠《たま》が浮《う》かんだ。少女の歯が、コンスタンタンの皮膚を裂《さ》いてしまった。

「騎士様、助けてください!!　こっちです!!」

ロザリーが叫ぶ。ちょうど、巡回《じゅんかい》の騎士が通りかかったようだ。

すぐさま駆《か》けつけ、コンスタンタンから少女を引《ひ》き離す。ロザリーが財布の盗難《とうなん》を報告していた。

少女は続いて駆けつけた女性騎士の手によって、捕《と》らえられる。激しく抵抗《ていこう》していたが女性騎士が耳元で何か囁《ささや》くと、途端に大人しくなった。

瞬く間に、事態は収束する。

その後、取り調べが行われた。コンスタンタンは事情を軽く話しただけで、解放される。

「あの、アランブール卿、その、傷の手当てをしたほうが、いいかもしれません」

「ああ――そうだな」

ロザリーに指摘《してき》されて、傷口の痛みを思い出す。

近くの店で水を貰《もら》い、噛まれた傷から滲む血を洗い流した。ズキズキと痛むのは、傷口だけではない。

あのような、憎しみの目で見られたのは初めてである。彼女らにとって、コンスタンタンのような暮らしをする者はもれなく憎しみの対象なのだろう。

暮らしに困って盗みを働く子どもがいる現実に、コンスタンタンは心を痛めていた。

落ち込んでいる場合ではない。リュシアンのもとに戻らなければ。

コンスタンタンはロザリーと共に、リュシアンとソレーユが待つ喫茶店に向かった。

「コンスタンタン様！」

「遅《おそ》くなった」

ソレーユに財布を返すと、ホッとしたような表情を見せていた。

同時に、首を傾《かし》げている。どうしたのかと尋ねると、思いがけない疑問を彼女は口にした。

「アランブール卿、あの子はどうして、私の財布を盗んだの？　何か、欲しい物があったのかしら？」

「それは、暮らしに、困っているからだろう」

「暮らしに困るって、どういうことなの？　まだ、十歳にも満たない子どもでしょう？」

「年は、十三だった。まともな食事を取っていないので、幼く見えたのだろう」

「な、なんですって？　それはいったい、どういうことなの？」

ソレーユは本気で意味がわからず、聞き返しているようだった。それも無理はないだろう。貴族の娘として生まれ、食べる物や着る物、眠《ねむ》る場所に困ったことのない彼女に、子どもが金を盗む理由など想像できるわけがない。

「おそらく、税率が上がったときの不況《ふきょう》で、両親が失業したか、もしくは両親を亡《な》くしてしまったのか。とにかく、食べるのに困った者は、ああやって人から金を盗んで、生きていくために食べ物を買うんだ」

「そんな……！」

ソレーユにとって、衝撃《しょうげき》的すぎる話だったらしい。しばし、言葉を失っていた。

「今日みたいな事件は、一日に何度も起きているようだ。税率が見直されたからといって、失ったものが元に戻るというわけではないようだな」

これが、現実である。物語のように、問題を解決したらハッピーエンド、という流れにはならないのだ。

「わたくし達に、何ができるのでしょうか？」

リュシアンの呟《つぶや》きに、すぐに答えられる者はいない。

顔を伏《ふ》せていたソレーユが、サッと顔を上げる。瞳には、光が宿っていた。

「国民を救うのは、国王陛下であり、王太子であるイアサント殿下《でんか》のお仕事だわ。私達は、多くを救うことはできない。けれど、ほんのちょっと、一部の人達に救いの手を差《さ》し伸《の》べることはできると思うの。それは、慈善《じぜん》ではなく、偽善《ぎぜん》かもしれないわ。でも、いいと思うの。やらない慈善よりも、やる偽善のほうがずっといいはず！」

ソレーユの言葉を聞き、リュシアンの表情がパッと明るくなる。嵐《あらし》が巻き起こる曇天《どんてん》に、太陽の光が差し込んだ瞬間を見たようだった。

「ソレーユさんの言う通り、何か、できるはずです」

「問題は、何をするか、だけれど」

コンスタンタンは考える。すると、王の菜園の農業従事者達が忙《いそが》しく働いている様子を思い出した。

「王の菜園で働く農業従事者を、増やしてもいいのかもしれない」

以前も新規採用したものの、下町出身者はいなかった。定年退職者も数名出たと耳にしたので、新しく採用してもいいだろう。

「いいかも、しれません」

ただ、王の菜園で働く者達の管轄《かんかつ》はアランブール伯爵家にはない。宮廷の事務局へ問い合わせをする必要がある。

「喫茶店も、従業員を増やしたほうがよいと、考えているところでした」

「まずは、雇用《こよう》を広げるのね」

下町の失業者を優先的に、雇《やと》い入れるようにしたらいいのだろう。

「ただ、問題はある。税率の上昇《じょうしょう》により、下町の者達は、王族や貴族を恨んでいる。もしかしたら、王の菜園でなど働きたくないと考えている者もいるかもしれない」

先ほどの少女の瞳が、コンスタンタンの脳裏《のうり》に焼き付いて離れない。あれほどの恨みを、ぶつけられたのは初めてだった。

「あら、コンスタンタン様。手を、どうかなさったのですか？」

「あ、これは――」

少女に噛みつかれた痕《あと》だ。きれいに洗ったものの、再び血が滲んでいたようだ。

言いよどんでいると、ロザリーが説明する。

「アランブール卿は、財布を取《と》り戻すさいに、女の子に噛みつかれてしまったのです」

「まあ！」

リュシアンは立ち上がり、コンスタンタンの腕《うで》を引きながら叫んだ。

「病院に、行きませんと！」

「いや、大丈夫だ。傷口はきれいに洗っている。痛みも、そこまでない」

「いいえ、大丈夫ではありません。人の口には、細菌《さいきん》が多くいるらしいのです。フォートリエ領でも、農業従事者と冒険者《ぼうけんしゃ》が口論になったあと噛みつかれて、傷口を放っていたら、病気になったという話を聞いたことがあります」

リュシアンが血相を変えて訴《うった》えるので、コンスタンタンは病院で医師の診断《しんだん》を受けることとなった。

病院では食塩水で傷口を流したあと、石鹸《せっけん》でゴシゴシもみ洗いされる。酷《ひど》い場合は縫《ぬ》うようだが、今回はそこまでしなくてもいいようだ。最後に、抗菌薬《こうきんやく》が塗《ぬ》られて治療《ちりょう》は完了《かんりょう》となる。

「二、三日もすれば、完治するでしょう」

「ありがとうございました。しかし、人が噛んでも、危険にさらされる場合があるのですね」

「ええ。同じ界隈《かいわい》で生きる人とはいえ、噛まれたら注意が必要です」

感染症《かんせんしょう》だけでなく、口内の病気から皮膚が腫《は》れたり熱を帯びたりするらしい。放置は危険だと、医師は丁寧《ていねい》に説明してくれた。

野生動物や犬猫《いぬねこ》に噛まれたときは病院に行かなければと考えていたが、人から噛まれた場合でも注意が必要だったとは。コンスタンタンは驚きを隠《かく》せなかった。

治療を終えたあと、馬車に乗って家路に就《つ》く。

「アン嬢《じょう》のおかげで、助かった。勉強不足を、恥《は》ずかしく思う」

「いいえ、わたくしも、領地で騒《さわ》ぎがあったから知っていただけですわ」

せっかく指輪を選びに行ったのに、店にたどり着くことすらできなかった。コンスタンタンは頭を下げ、謝罪する。

「このように、一般《いっぱん》市民からの攻撃《こうげき》を許してしまうなど、騎士として恥ずべきことだ」

「そんな……」

コンスタンタンも、財布を盗む理由がわからないソレーユと同じであった。年端《としは》もいかない子どもが攻撃してくるなど、欠片《かけら》も想定していなかったのだ。

そして、攻撃を受けて尚《なお》、対処の仕方がわからずに硬直《こうちょく》してしまった。噛みつかれた瞬間に反応していたら、出血することもなかっただろう。

「別に、知らないというのは、恥ずかしいことではありませんわ。気付いたときに知れば、いいだけのことですから」

リュシアンの言葉に、コンスタンタンは救われる。

今日、日々の生活に困って盗みを働く少女に出会った。彼女はこれまでの生活を奪った者達を憎み、捨て身で攻撃をしてきたのだ。

両親に愛され、大切に育てられてきたはずの子どもが、牙《きば》を剥《む》くなどあってはならぬことである。

「私達に、何ができるのか。真剣《しんけん》に、考えなければならない」

リュシアンとソレーユ、それからロザリーは、神妙《しんみょう》な面持《おもも》ちで頷いていた。

「コンスタンタン様、一つ、ご提案なのですが、週に一度、下町の広場を借り、王の菜園の野菜を使って炊き出しをしたらどうかと、思うのですが」

「ああ、それはいいかもしれない」

国王の名の下《もと》で育てられた野菜を、下町の者達に味わってもらう。それによって、認識《にんしき》も変わっていくかもしれない。

「ただ、私達が直接行くと、反感を買ってしまうかもしれない」

「ええ。表に立つのは、どなたかにお願いできたらなと」

いくら、リュシアンが平民の恰好《かっこう》をしていたとしても、優雅《ゆうが》な物腰《ものごし》や丁寧な喋りで貴族とバレてしまうだろう。

貴族の慈善活動として食事を提供すると言えば、反感を抱《いだ》く者達だって出てくる。

「どうすれば、上手く立ち回れるのでしょうか?」

しばし考える。すると、グレゴワールが普段言っている言葉が浮かんだ。「何か困ったことがあれば、ドニ殿《どの》を頼《たよ》ればいい」と。

「ドラン商会のドニ殿に、相談してみよう。何か、いい提案をしてくれるかもしれない」

「はい!」

結婚指輪は買えなかったが、それ以上のものを得たような気がする。

コンスタンタンは下町の者達を救うために、一歩前に踏《ふ》み出した。

◇◇◇

ドラン商会のドニの介入《かいにゅう》により、下町での炊き出し計画が着々と進められていった。その中で、コンスタンタンはある相談を個人的に持ちかける。それは、結婚指輪についてだった。

ドニは任せてくれと、胸を拳《こぶし》で打つ。

翌日、ドニの妻であるゾエが、指輪を持ってアランブール伯爵家を訪問した。

「申し訳ないことに、流行の物はすべて、隣国からやってくる王女様の輿入れの記念にと、献上されてしまったのですよ。お店に残っているのは、個性的な物しかなく――」

やはり、今風の華《はな》やかな指輪は王女のもとへ行ってしまったようだ。本当に、タイミングが悪かった。

リュシアンと結婚したいと思った時点で、用意しておくべきだったのだ。

ゾエは指輪が入ったケースの蓋《ふた》を開く。すると、窓から差し込む太陽光を受けて、炎《ほのお》のように燃える輝きを放つ宝石に目が奪われた。

「これは――」

「そちらは、ファイアオパールです。こうやって光にかざすと、メラメラと燃えているように見える宝石なんですよ」

「ファイアオパール、か」

光の当たっていないところでは、くすんだオレンジ色の宝石だった。しかし、ひとたび光を当てると、炎を閉じ込めたように輝き始める。

まるで、リュシアンの心に秘《ひ》めている情熱のような宝石だとコンスタンタンは思った。

「結婚指輪としてはいささか個性的ですが、石言葉はぴったりですね」

「石言葉？」

「ええ。宝石にも、花言葉のように、一つ一つ込められた言葉があるのです。アメシストは〝決断〟、エメラルドは〝喜び〟、サファイアは〝高潔〟、ルビーは〝優雅〟。結婚指輪として代表的なダイヤモンドの石言葉は、〝永遠の絆《きずな》〟ですかね」

「なるほど。だから皆《みな》、結婚指輪にダイヤモンドを選ぶと」

「そうですね」

「それで、ファイアオパールの石言葉は、なんというのでしょう？」

「ファイアオパールは、〝幸福〟。それから、〝情熱〟、〝魂《たましい》の喜び〟、〝不屈《ふくつ》〟と言われております」

これ以上なく、リュシアンとコンスタンタンの結婚に相応《ふさわ》しい宝石である。

女性用は、半球形状《カボション》に磨《みが》きあげられているファイアオパールが指輪に填《は》め込まれていた。

男性用は、円形状《ラウンド》にカットされた小粒《こつぶ》のファイアオパールが指輪に埋《う》め込まれている。シンプルなので、普段指輪を嵌《は》めないコンスタンタンにも抵抗がない。

結婚指輪として選ばれないようだが、リュシアンとコンスタンタンは〝野菜〟が縁《えん》で出会った、普通《ふつう》の貴族の男女ではない。

指輪も、個性的なものがお似合いだろう。

「この、ファイアオパールの指輪に決めました」

「ありがとうございます」

指輪の裏面《りめん》に名前の彫刻《ちょうこく》を依頼《いらい》し、受け取りは一週間後となった。

指輪を選ぶ前は、リュシアンが気に入ってくれるか心配でならなかった。決まった今は、きっと気に入ってくれるだろうという自信しかない。

丁寧に紹介《しょうかい》してくれたゾエには、感謝しかなかった。

グレゴワールの言っていた通り、困ったときはドラン商会に相談するとよい方向へ導いてくれる。

満足な買い物ができたので、コンスタンタンの気分は珍しく高揚《こうよう》していた。


指輪を選んだあと、下町の情勢についてゾエから話を聞く。

「生活に余裕《よゆう》がある層は単純に喜んでいるようだけれど、生活に困り、税率の上昇によって失業した者達の生活は、相変わらずみたいで」

税率が下がったからといって、すぐに生活が環境《かんきょう》の悪化が改善されるわけではない。

むしろ、困っていた者達がもっとも、変化に振り回《まわ》されて憤慨《ふんがい》しているのだろう。

「週に一度の炊き出しは、すばらしいと思います。継続的《けいぞくてき》にするのも、好感がもてるかと」

ひとまず一年、下町での炊き出しが決定している。ゾエが声をかけた婦人会のメンバーが手伝ってくれるようだ。

当日、リュシアンやソレーユは裏方に努めて炊き出しを支えるという。もしも表立ったら、貴族の偽善だと言われてしまう。そのため、極力目立たないようにするのだとか。

コンスタンタンも、力仕事を手伝うために同行する予定だ。

果たして、どうなるのか。それは、神のみぞ知るのだろう。

◇◇◇

バタバタと過ごしているうちに、いつの間にか復活祭の日を迎えていた。

復活祭というのは、命を落とした神が三日後に復活を遂《と》げた奇跡を祝う祭りである。

神の復活をイメージした卵と、春と豊作の象徴《しょうちょう》であるウサギをモチーフに使い、各家庭で祝い事をする。

コンスタンタンとグレゴワールは神に祈りを捧げ、普段よりも贅沢《ぜいたく》な夕食を食べるだけの実にシンプルな催《もよお》しであった。

子どものころは、従兄弟達《いとこたち》と集まって庭で卵探しを行った。

卵探しというのは、卵を模《かたど》ったチョコレートや焼き菓子《がし》を庭に隠し、どれだけ多くの卵を発見できるか競《きそ》う遊びである。

少年時代に復活祭を楽しみにしていた記憶を、ふと思い出してしまった。

本日は休日。結婚式《けっこんしき》の準備を行うよう、リュシアンと話し合っていた。

だが、朝一番にやってきたリュシアンによって、思いがけない予定が知らされる。

「コンスタンタン様。本日は、復活祭ですわ！」

「そうだな」

「お屋敷《やしき》で、卵探しをしますの。コンスタンタン様は、参加なさいますか？」

「卵探し、だと？」

「ええ」

フォートリエ子爵家では毎年屋敷中に卵を模った菓子を隠し、もっとも多くの卵を発見したものが優勝、という遊びをしているようだ。

「ソレーユさんにお話をしたら、ぜひやってみたいとおっしゃったので、二週間前から準備をしていたのです」

このところ、コンスタンタンは忙しそうにしていたため、なかなか誘《さそ》えなかったという。

「すみません、当日にお知らせする形になってしまって」

「いや、構わない」

リュシアンは上目遣《うわめづか》いで、コンスタンタンを見る。瞳は、楽しげに輝いていた。

キラキラとした期待がこもった眼差《まなざ》しを、裏切るわけにはいかない。コンスタンタンはリュシアンの主催《しゆさい》する復活祭に参加することに決めた。

「お菓子を作る予定だったのですが、いろいろ忙しくて作れなくて。この前、ドラン商会のゾエさんがいらっしゃったので、復活祭のお菓子をお願いしたんです」

ゾエの名前が出てきたので、コンスタンタンはぎょっとする。結婚《けっこん》指輪については、リュシアンに話していない。驚かせるつもりで用意しているのだ。

「コンスタンタン様、どうかなさいましたか？」

「あ、いや、ドラン商会の奥方《おくがた》から、何か、聞いたか？」

「いいえ。何もお聞きしていないのですが、何かあったのでしょうか？」

「いや、聞いていないのならば、いい」

コンスタンタンは内心安堵《あんど》する。ゾエはリュシアンに、結婚指輪について話をしていなかったようだ。

ゾエに用意してもらった菓子を、使用人に隠してもらったらしい。

「卵探しはチーム戦で、わたくしとコンスタンタン様、ロザリーとソレーユさん、それからゾエさんとモニクさん、アランブール伯爵《はくしゃく》とドニさんで争います」

モニクというのは、コンスタンタンの元同僚クレールの妹である。以前、挨拶《あいさつ》を交《か》わして以来、茶会に招いたり、遊びにいったりと交流を深めているらしい。

「父も、参加するのだな」

「アランブール伯爵は、一番張り切っているように思います」

「無理しない程度に、参加してほしいのだが」

リュシアンに導かれ、集合場所である応接間《ドローイングルーム》に足を運んだ。そこにはクレールがいて、驚く。

「おっと、参加者が揃《そろ》ったようだな」

「クレール、なぜ、ここに？」

「モニクが面白《おもしろ》そうなイベントに参加するというから、ついてきた」

久しぶりの再会が、復活祭になるとはコンスタンタンは予想もしていなかった。

「そうそう、思い出した。王太子殿下がコンスタンタンに会いたがっていたぞ」

「ああ、そういえば――」

王太子と話をしたいと思っていたのだ。

視界の端《はし》にいたソレーユが、王太子と聞いた瞬間、眉間《みけん》にぎゅっと皺《しわ》を寄せていた。コンスタンタンは喉《のど》まで出かかっていた言葉をゴクリと呑《の》み込む。

「コンスタンタン、王女様との結婚式も近いから、忙しくなる前に会いに来――むがっ！」

クレールの口を塞《ふさ》ぎ、小声で話しかける。

「わかったから、その話はあとでしてくれ」

「む、むごごご！」

王太子と王女の結婚話を聞いたソレーユの表情は、極《きわ》めて険しいの一言だ。

彼女《かのじょ》と王太子の関係についてこの場で知っているのは、コンスタンタンだけである。

クレールは王太子の護衛騎士《きし》であるものの、デュヴィヴィエ公爵家の令嬢が元婚約者《こんやくしゃ》であるという情報しか知らないのだ。

現在、ソレーユはシュシュ家の娘としてここにいる。彼女の内なる事情など、クレールが知るわけがなかった。

「えー、邪魔《じゃま》が入りましたが、卵探しのルールを説明させていただきます。まず、注目していただきたいのは、この新緑のリボン。これがドアノブに結ばれた部屋に、復活祭の卵菓子が隠されているのです」

卵の菓子が隠されているのは、二階部分のみ。一階及《およ》び、地下はない。

「もっとも多くの卵を探したチームには、景品がございます！」

クレールが取り出したのは、ウサギの耳がついた可愛《かわい》らしい婦人用の帽子《ぼうし》であった。

「まあ、なんて愛らしいの！」

リュシアンはうっとりした様子で、ウサギの耳がついた帽子を眺《なが》めていた。

「アン嬢は、あのような帽子が、好きなのか？」

「はい！　あ、わたくしに似合うかは、わかりませんが」

「いや、絶対似合う」

コンスタンタンは自信があった。ウサギの耳の帽子を被《かぶ》ったリュシアンは、絶対に可愛いはずだと。

何があっても、優勝を手にしなければならない。コンスタンタンの闘志《とうし》は、メラメラと燃えていた。

「では、チームごとにカゴを配るので、これに入れてくださいね」

最後に、とっておきのルールが発表される。

「お屋敷の中に、一つだけ特別な卵が隠されています。これは、卵菓子十個分に値《あたい》するので、逆転勝利の可能性がございます。ぜひ、探してみてくださいね」

復活祭を祝した、卵探しが始まった。

「制限時間は一時間です。では、スタート‼」

コンスタンタンとリュシアンの横を、ソレーユとロザリーが走って通《とお》り抜ける。

「リュシアンさん、負けないわよ！」

ライバル宣言をして、応接間から飛び出していった。それに続くのは、グレゴワールとドニの二人組である。

「よし、私達も優勝だ！」

「ウサギの耳の帽子は、いただく！」

楽しそうに走って行った。コンスタンタンは呆然《ぼうぜん》と、見送ってしまう。

続いて、モニクとゾエが出発していた。

「モニクさん、頑張《がんば》りましょうね」

「はい」

呆気《あっけ》にとられている間に、後《おく》れを取ってしまった。

「おい、コンスタンタン、リュシアンさんも、早く行かないと、卵のお菓子がなくなってしまうよ」

「そ、そうですわね」

「アン嬢、急ごう」

応接間の近くにある給油室では、すでにソレーユとロザリーが卵の菓子を探していた。

「ソレーユさん、見つけました!!」

「まあ、すごいわ、ロザリー！」

ロザリーの手には、銀紙に包まれた卵形のチョコレートがある。ああいう品が隠されているのだなと、コンスタンタンは確認しつつ通り過ぎた。

グレゴワールとドニは、喫煙室《スモーキングルーム》に置かれた食器棚《しょっきだな》を探っている。

「むう、見つからないな」

「こういう場合は、複雑な所に隠しているのではなく、簡単な場所に隠し――あった！」

ドニが卵形の焼き菓子を発見する。グレゴワールは羨《うらや》ましそうな目で見つめていた。

居間《パーラー》では、モニクとゾエが長椅子《ながいす》のクッションの下を探っているようだった。

「モニクさん、見つかりませんね」

「でも、この辺にある気がします。なんだか、甘《あま》い匂《にお》いがしているんです」

「あ、あったわ！」

ゾエが長椅子の隙間《すきま》から、卵を模った焼き菓子を発見した。モニクは跳《と》び上《あ》がって喜んでいる。

「皆、順調に菓子を見つけているようだな」

「わたくし達《たち》も、頑張りましょう！」

出遅《でおく》れたリュシアンとコンスタンタンのコンビがたどり着いたのは、第一食堂《ダイニングルーム》である。ここは客を招き、大勢で晩餐会《ばんさんかい》をするための食堂だ。

もう何年も使っていないのだが、きれいに手入れされた状態である。

今日は復活祭の晩餐をするからか、白いテーブルクロスがかけられていた。中心には、金のセンターピースが鎮座《ちんざ》している。葡萄《ぶどう》と鹿《しか》があしらわれた芸術的な細工がなされており、夜になれば蝋燭《ろうそく》を立てて火が灯《とも》される。これはアランブール伯爵家の自慢《じまん》で、代々受《う》け継《つ》ぐ財産の一つである。

「こちらは、広いですね」

「ああ。どこに隠してあるのか……」

「探してみましょう」

手分けをして、卵の菓子を探す。

コンスタンタンはカーテンを捲《めく》り、テーブルの上にある花瓶《かびん》の中を覗《のぞ》き込む。

リュシアンはテーブルの下を覗いて、椅子の上を一つ一つ確認していたようだ。だがしかし、成果はまるでなし。

「本当に、菓子が隠されているのだろうか?」

「リボンがドアノブに結ばれていたので、あるはずなのですが……」

探せども、探せども、見つからない。そうこうしているうちに、グレゴワールとドニのコンビが第一食堂にやってきた。

「おお、コンスタンタン。ここにいたのか!」

グレゴワールはコンスタンタンが持つカゴを覗き込み、楽しげに笑う。

「おや、まだ菓子の一つも見つけていないんだな。私達はほら、三つも発見したぞ！」

ドニが、カゴの中の菓子を見せてくれた。コンスタンタンは奥歯《おくば》をギリッと噛みしめる。

おじさん二人組が、ウサギ耳の帽子を手に入れても意味がない。それなのに、どうしてこのように頑張っているのか。

あの帽子は、リュシアンにこそ相応しい。コンスタンタンは意地でも菓子を発見しようと、探し回る。

途中《とちゆう》、時計を取り出した。もう、三十分も経《た》っている。

「あったぞ！」

グレゴワールは声をあげた。先ほど、コンスタンタンが探した花瓶から、小さな飴玉《あめだま》を発見したようだ。

「花の中に、入っていたぞ！」

「……」

花瓶の中を探すばかりで、花は確認していなかった。今は悔《くや》しがっている場合ではない。卵の菓子を探さなければ。

だが、それから十分と探しても、卵の菓子は見つからない。それはコンスタンタンだけではなく、グレゴワールとドニも同様だった。

「ドニ殿、ここではなく、別の場所を探そうか」

「そうだな」

リュシアンは眉尻を下げ、コンスタンタンを見つめる。

自分達も別の部屋を探したほうがいいのではないか。そんな考えが脳裏を過《よぎ》った。

「アン嬢、どう思う?」

「これだけ探しても見つからないとなれば、他の部屋を探したほうがいいのかもしれないと思うのですが……。卵のお菓子が、一つしか見つかっていないという点が、引っかかりますわ」

「そうだな。これだけ広い部屋に、小さなキャンディ一つはありえない。もう少しだけ、ここを探してみよう」

残り十五分――皆、最終段階に入っているようだ。

グレゴワールとドニが出て行ったあと、ソレーユとロザリー、モニクとゾエが第一食堂に卵の菓子を探しにやってくる。

けれど、探せども探せども、卵の菓子は出てこない。

残り五分となれば、卵探しの終了《しゅうりょう》を告げるために、懐中《かいちゅう》時計を持った使用人がやってくる。

各部屋に一人待機し、タイムオーバーを伝えるのだろう。

椅子の下に貼《は》り付けていないか。暖炉《だんろ》の奥《おく》に隠されていないか。コンスタンタンは必死に探す。リュシアンも同様に、隅《すみ》から隅まで探していた。

「残り一分です!」

コンスタンタンはテーブルの上を探すリュシアンを振《ふ》り返り、謝罪の言葉を口にしようとした。その瞬間に、キラリと輝《かがや》くある物を発見した。

「アン嬢、センターピースだ!!　金の卵が、紛《まぎ》れている!!」

　金色の、センターピース。これで、小さな屋敷であれば買えるくらい価値のある品だ。一部金箔《きんぱく》が貼られているものの、そのほとんどは金でできている。

　そのセンターピースの細工に紛れて、金の卵が置かれていたのだ。

　リュシアンはすぐさま気づき、卵に手を伸ばした。同時に、声がかかる。

「そこまでです！」

　卵探しの時間が、終了となった。

　コンスタンタンとリュシアンは、驚《おどろ》き顔で見つめ合う。

「コ、コンスタンタン様……こちらは？」

「金の卵だ。間違《まちが》いない」

　リュシアンはゆっくりと、慎重に金の卵をカゴの中に入れる。そして、満面に笑《え》みを浮かべて叫《さけ》んだ。

「コンスタンタン様、さすがです!!」

「センターピースの近くに、アン嬢がいたからだ。駆け寄《よ》っていたら、時間に間に合わなかっただろう。よく、気付いてくれた」

「はい！」

　手と手を取り合い、喜ぶ。

「しかし、センターピースは何度も見たのに、気付かないとはな」

「ええ。わたくしも、繰《く》り返《かえ》しお菓子がないか見ていたのですが」

金のセンターピースに馴染《なじ》んでいたそれは、菓子ではない。コンスタンタンは金の卵を手に取った瞬間、ギョッとする。

「これは、本物の金だ」

「ええ。持ち上げた瞬間に、そう思いました」

いったいなぜ、このような品があるのか。

「しかし、これが特別な卵で間違いないだろう」

「でしょうね」

なんせ、本物の金だ。銀紙で包まれた菓子とは、レベルが違《ちが》う。

特別な卵は、一つで卵の菓子十個分得ることができる。他の者達がいったいどれだけ発見したのかわからないが、いい勝負になるのではないかとコンスタンタンは考えていた。

応接間に戻《もど》ると、すでに他の参加者は待機していた。

進行役であるクレールが、手招きする。

「カゴを、預かろうか」

クレールが菓子を数え、結果を発表するらしい。

「ではまず、ソレーユ嬢とロザリー嬢のチーム〝破天荒《はてんこう》〟から」

「ちょっと、勝手に変なチーム名を決めないでいただける？」

「そうですよお！　もっと可愛い名前にしてください！」

抗議《こうぎ》の声が上がったが、クレールは無視して進行していた。

卵形の菓子を、一つ一つ銀盆《ぎんぼん》に並べて行く。

「五……六！　チーム〝破天荒〟は、六つの菓子を発見したようです」

結果に対し、グレゴワールとドニは実に悪どい笑みを浮かべていた。六つ以上あるのだろう。

「続いて、モニクとゾエ様の、チーム〝ド淑女《しゆくじよ》〟！」

淑女にドは必要なのか。コンスタンタンは疑問に思ったが、モニクとゾエは笑みを絶やさず、しようもないチーム名を聞き流していた。

「では、数えますよ！　四……五……六……七……八！　チーム〝ド淑女〟は、八個の菓子を発見しました」

発表を聞いたグレゴワールとドニは、瞬《また》く間《ま》にしょんぼりとうな垂れる。八より少ない数の菓子しか持っていないのだろう。実にわかりやすい二人組であった。

「えー、アランブール伯爵とドニ様の、チーム〝おっさんズ〟のお菓子は、数える必要はあるのでしょうか⁉　えー、見た感じ、チーム〝ド淑女〟の菓子より、少ないように見えますが」

「せっかく集めたんだ、数えてくれ！」

「そうだ、そうだ！」

仕方がないといった感じで、クレールはチーム〝おっさんズ〟の卵の菓子を数え始める。

「六……七！　チーム〝おっさんズ〟の菓子は、七です！」

ということは、金の卵を発見したコンスタンタンとリュシアンが優勝になる。が、ここで喜んだら、チーム〝おっさんズ〟みたいにバレてしまうだろう。喜ぶのは、あとだ。

リュシアンも同じように考えていたのだろう。じっと、大人しくしていた。

ふいに、指先がリュシアンの手の甲《こう》に触《ふ》れた。

誰《だれ》からも見えない位置だったので、コンスタンタンはリュシアンの手をそっと握《にぎ》る。すると、リュシアンはぎゅっと握り返してきた。

それに、喜びを感じ取る。

「最後は、コンスタンタンとリュシアン嬢からなる、チーム〝野菜の騎士〟ですが――おお！」

「いったい、いくつ集めたんだ？」

「早く、教えてくれ」

グレゴワールとドニが、はやし立てる。クレールは満面の笑みで、カゴから金の卵を取り出した。

「じゃーん！　チーム〝野菜の騎士〟は、金の卵を発見したようです。これが、特別な卵の正体でした。よって、優勝はチーム〝野菜の騎士〟!!」

ここでやっと、コンスタンタンとリュシアンは向かい合って微笑《ほほえ》み合う。

力を合わせ優勝できたことは、何よりも嬉《うれ》しい。

皆、コンスタンタンとリュシアンを、祝福してくれた。

ウサギ耳の帽子は、丸い箱に収められ、リボンをかけて進呈《しんてい》される。

「おめでとう、リュシアン嬢」

「ありがとうございます」

リュシアンは嬉しそうに、ウサギ耳の帽子を受け取る。夜、復活祭の晩餐会をするというので、そこで被るように言われていた。

「アン嬢、よかったな」

「はい！　とっても嬉しいです」

ウサギ耳の帽子を被ったリュシアンを想像し、微笑ましい気持ちでいたら、コンスタンタンにも同じような箱が手渡《てわた》される。

「コンスタンタンも、ウサギ耳のシルクハットを、どうぞ！」

「は？」

「実は、女性用だけでなく、男性用もあったのです」

「まあ！」

クレールの発表に、リュシアンは瞳《ひとみ》を輝かせる。

「コンスタンタン様と、お揃いですのね！」

「そうなんですよ！」

「まさか、コンスタンタン様と同じウサギ耳の帽子を被るなんて、光栄です。夜を、楽しみにしておりますわ！」

リュシアンがそこまで言うのならば、拒否《きょひ》などできない。コンスタンタンは渋々《しぶしぶ》と、ウサギ耳の帽子を受け取った。

「いやはや、晩餐会が楽しみだな！」

コンスタンタンはクレールを睨《にら》む。だが、まったく気にしていない様子だった。

「まあ、何はともあれ、おめでとう」

拍手《はくしゅ》で祝される。卵探しが楽しく終了したところで、グレゴワールとドニが同時に立ち上がった。キビキビと歩いていった先は、金の卵のもとである。

「なんだ、これは！　本物の金ではないか！」

「どうして、これがこんなところにある？」

やはり、金の卵は本物だったようだ。アランブール伯爵家《はくしゃくけ》にあった品かと思っていたが、グレゴワールは初めて見たという。

「そちらの品物につきましては、私から発表させていただきます」

執事《しつじ》がやってきて、年季が入った紙の束をテーブルに広げた。

「こ、これは――!?」

金の卵の鑑定書《かんていしょ》である。〝アンペラール・ロゥフ〟と書かれたそれは、国王のために作られた復活祭の金の卵であった。

「なぜ、国王陛下の金の卵が、我《わ》が家《や》にあるんだ？」

「先代様が、当時王太子殿下だった国王陛下と賭《か》けのチェスを行い、勝利の際の景品として受け取ったそうです」

「バカな！　こんなの、国宝ものだぞ!?」

二枚目の紙には、現在の国王陛下直筆の、チェスに負けたので金の卵を渡《わた》した、という一文と署名が書かれてある。

「先代様はこの一件は墓まで持って行かれると決めていたようですが、ある程度時が経ったら家の者に伝えてくれと申しておりました。本日が、いい機会だと思い、ご報告させていただいたのです」

「そ、そうか……」

グレゴワールは執事を責めず、「大変だったな」と労《ねぎら》った。父親のこういう寛容《かんよう》なところを、コンスタンタンは深く尊敬している。将来、ああやって他人を常に慮《おもんぱか》れる人物になりたいと考えていた。

「それにしても、とんでもない品だな……」

「今、これだけの金細工を作るのは、難しいだろう。価値は、とてもではないが、付けられないな」

金を塗っただけのものではない。すべてが金で作られた逸品《いっぴん》なのだ。

鑑定書を見ると、三百年前に作られたと書かれてある。このときは、まだ王家も財に余裕があったのだろう。

「国王陛下は、なんてものを賭けていたんだ……」

王家の金の卵に対し、先代は何を賭けていたのか。知りたいような、知りたくないような、微妙《びみょう》な気持ちにさせてくれる。

「先代様は、この金の卵をどうするかは、次代に任せるとおっしゃっておりました」

グレゴワールはコンスタンタンを見つめ、切羽詰《せっぱつ》まった様子で問いかけた。

「コンスタンタン、これを、王家にお返ししようと考えているのだが、ど、どう、思う？」

「それがいいかと。これは、我が家に、相応しい品ではありません」

即答《そくとう》するや否《いな》や、グレゴワールはいきなりコンスタンタンを抱擁《ほうよう》した。

「ありがとう。お前はやはり、自慢の息子《むすこ》だ」

突然褒《とつぜんほ》められ、コンスタンタンは身動きが取れなくなってしまった。

果たして自分は、父親にとって思う通りに育った子どもだったのか。そんな疑問を浮《う》かべるときがあった。それを通り越《こ》して、グレゴワールはコンスタンタンを「自慢の息子」だと言ってくれた。これ以上、嬉しい言葉はないだろう。

金の卵は王家に返そう。そう決まった瞬間《しゅんかん》、グレゴワールはクレールを呼ぶ。

「えー、シャリエ卿《きょう》、ちょっといいか？」

「なんでしょうか？」

「こちらのお品を、王太子殿下《でんか》に持って行ってくれるか？」

「そんな大役、俺《おれ》でいいんですか？」

「王太子殿下の近衛《このえ》騎士が、何を言っているんだ。君以上に、相応しい者はいないだろう」

グレゴワールはクレールを信用し、金の卵を差し出した。

「父上、手紙を付けたほうがいいかと」

「ああ、そうだったな」

ここで、ひとまず解散となる。夜の晩餐会まで、自由時間となった。

グレゴワールは王太子へ手紙を書いたあと、ドニと反省会という名の酒宴《しゅえん》をするという。

女性陣《じょせいじん》は、茶会を開くらしい。

コンスタンタンは久しぶりに、クレールと剣《けん》の稽古《けいこ》を行うことにした。

「あーあ。俺も、茶会に参加したかったな」

「茶会は、女性の聖域《せいいき》だ」

「その通りなんだけどさ……」

クレールと本気で剣を交わし、夕方になるころにはくたくたになっていた。


湯を浴び、晩餐会に参加するために準備を調《ととの》える。

男性のドレスコードは、正装であった。コンスタンタンは燕尾服《えんびふく》をまとい、ブラックタイを取り出して衿《えり》に巻く。

アランブール伯爵家で晩餐会が行われるなど、数年ぶりだった。母カトリーヌが生きていた時代は、復活祭のシーズンは母方の従兄弟《いとこ》や伯父《おじ》が遊びに来ていたが。

亡《な》くなってからは、すっかり疎遠《そえん》になっていた。

アランブール伯爵家はこのまま寂《さび》れるだろう。そう思っていたのに、今はたくさんの人達が訪問してくる。これらも、リュシアンが繋《つな》いでくれた縁だろう。深く、感謝していた。

鏡を覗き込み、前髪《まえがみ》を整髪剤《せいはつざい》で撫《な》で上げる。仕上げに、ウサギ耳のシルクハットを被らなければならない。

真っ白く、ふかふかしたウサギの耳を見て、コンスタンタンは深いため息をついてしまった。

正直、恥ずかしい。だが、これを被ったら、リュシアンが喜んでくれる。ならば、被ろうではないか。

意を決し、ウサギ耳のシルクハットを被った。

恐《おそ》ろしくて、姿見で確認《かくにん》なんぞできない。誰とも会わないよう、素早《すばや》く移動しようと思っていたのに、クレールに背後から声をかけられてしまった。

「よお、色男。似合っているじゃないか！」

このまま無視して去りたかったが、それもできない。コンスタンタンは深いため息をつき、振り返る。

「どうだ？　俺も、似合っているだろう？」

クレールはそう言って、クマの耳がついたシルクハットを指差す。

「……なんだ、それは？」

「晩餐会の、ドレスコードだ。皆、動物の耳がついた帽子を被って参加しなければならないらしい」

「そう、だったのだな」

「ちなみに、コンスタンタンの親父《おやじ》さんは、ネコ耳だと」

ウサギ耳のシルクハットなど恥《は》ずかしいと思っていたが、コンスタンタンよりも恥ずかしい思いをしている人物がいるとわかった。なんだか、心強い気持ちになる。

「ウサギのお嬢様《じょうさま》を、迎《むか》えに行ってくれ」

「ああ、そうだな」

リュシアンを迎えに行く。扉《とびら》を叩《たた》くと、すぐに返事があった。

ウサギ耳のシルクハットを被ったコンスタンタンを見たリュシアンは、花が綻《ほころ》ぶような微笑みを浮かべていた。

そして、テーブルに置いてあったウサギ耳のボンネット帽《ぼう》を被り、コンスタンタンのもとへと戻ってくる。

ウサギ耳のボンネット帽を被ったリュシアンは、神がかり的な愛らしさだった。

「コンスタンタン様、そのお帽子、とってもお似合いです」

「アン嬢《じょう》も、とても、可愛い……！」

リュシアンは頬《ほお》を染めながら、小さな声で「ありがとうございます」と言葉を返した。

「皆が待っているな。食堂へ行こうか」

「はい！」

手を差し出すと、リュシアンは指先をそっと重ねる。腕《うで》を組み、食堂まで歩いて行った。

食堂には、ドレスコードである動物の帽子を被った面々の姿があった。今晩は特別に、使用人であるソレーユやロザリーも、席についている。

「これは、面白《おもしろ》いな」

「ええ、皆様《みなさま》、可愛らしい動物さんみたいです」

クレールの話していた通り、グレゴワールはネコ耳のシルクハットを被っていた。ドニとゾエはシカの耳、ソレーユはキツネ耳で、ロザリーはネズミ耳、モニクは兄と同じくクマの耳のついたボンネット帽を被っていた。

「さあ、コンスタンタン、リュシアンさん、席に着いてくれ。乾杯《かんぱい》をしよう」

コンスタンタンとリュシアンが席に着くと、グレゴワールは立ち上がって食前酒であるワインを掲《かか》げた。

「楽しい復活祭に、乾杯！」

本日は復活祭のテーマである、卵とウサギを使ったコース料理になるらしい。

前菜はゆで卵のキャビア添《ぞ》え。中身をくり抜《ぬ》いた白身に、黄身とバターで作ったクリームが絞《しぼ》られている上品な料理である。

続いて、二品目はウサギのコンソメスープ。具は入っておらず、琥珀色《こはくいろ》の美しいスープであった。アランブール伯爵家の料理長の気合いが見て取れる。

ウサギを野菜と共に数時間煮《に》込んで作ったであろう、深いコクのある風味がすばらしい一杯《いっぱい》であった。

メインの魚料理《ポワソン》は、舌平目のムニエル。復活祭にまったく関係ない一品だが、かつての国王が愛した料理は、祝日には欠かせない。

口直しの氷菓《ソルベ》は、卵に見立てて丸められており、スプーンを入れると中からカスタードソースが溢《あふ》れてきた。卵の白身と黄身を表現しているらしい。

リュシアンは気に入ったようで、口に含《ふく》んだ瞬間笑《しゅんかんえ》みを浮かべる。その近くで、グレゴワールも少女のようにキラキラと目を輝かせていた。見なければよかったと思うコンスタンタンであった。

メインの肉料理《ヴィアンド》は、もちろんウサギ。丁寧《ていねい》にローストしたウサギに、タルタルソースが添えられていた。

ウサギはやわらかく焼かれており、ナイフを入れるとスッと切れる。淡泊《たんぱく》なウサギ肉を、濃《のう》厚なタルタルソースが包み込む。

あまりのおいしさにグレゴワールは感激し、料理長を呼んで褒《ほ》めていた。

食後に出されるメインの甘味《グランデセール》は、白い卵に見える何かとウサギを模してカットしたリンゴである。

スプーンで卵を叩くと、すぐに割れた。中には、木イチゴのムースが入っていた。表面の白い殻《から》は、ホワイトチョコレートらしい。

思いがけない甘味を前に、皆《みな》、笑顔《えがお》となる。楽しい時間は、あっという間に過ぎていった。

食後は、リュシアンと過ごす時間を作ってもらった。

今宵《こよい》は冷えるので、暖炉に火を灯してもらう。近くに円卓《えんたく》を置き、茶と菓子を楽しむ。

今日はコンスタンタンがドニに頼《たの》んでいた、王都で人気の菓子を食べる。

「復活祭限定の、白いマカロンらしい」

「まあ、きれいですわね」

リュシアンの細い指先が、マカロンを摘《つ》まむ。それだけで、絵になるとコンスタンタンは思った。

口にしようとしていたが、ピタリと止まった。

「アン嬢、どうした？」

「いえ、下町の子ども達は、今も、お腹《なか》を空《す》かせているのかと、思ってしまい……」

ソレーユが財布《さいふ》を盗《ぬす》まれた事件から、十日ほど経っていた。

炊《た》き出《だ》しの計画を立てていたものの、すぐには動けない。継続的な活動にするため、準備期間が必要だったのだ。

「今、気にしても仕方がないことなのですが」

「一応、この件はクレールに話し、王太子殿下に伝えていただくよう、頼んでおいた。しかし、難しい問題だな」

「ええ」

ここまで話してから、リュシアンはハッとなる。

「ご、ごめんなさい。せっかくコンスタンタン様が用意してくださったのに。えっと、マカロン、嬉しいです！　その、いただきます」

リュシアンはマカロンを口に含み、眉尻《まゆじり》を下げ、困ったように微笑んだ。

「とっても、おいしいです」

「それはよかった」

世の中は平等ではない。誰かを犠牲《ぎせい》にして、回っている場合もある。恵《めぐ》まれない者達についていちいち気にしていたら、キリがない。

けれど、リュシアンみたいに、ふとした瞬間に思い出し、誰かのことを考える時間があってもいいのではないかと、コンスタンタンは思う。

「アン嬢、今日は、楽しかったな」

「はい」

今日一日楽しんだから、明日からまた頑張ればいい。

コンスタンタンはリュシアンとそんな話をしながら、ゆったりとした夜を過ごした。

◇◇◇

炊き出し計画が実行される時がきた。

畑から、カボチャとニンジンが運ばれる。ガーとチョーは、野菜を守るようにガアガア鳴きながら荷車に積まれていく様子を監視《かんし》していた。

野菜は喫茶店《きつさてん》の台所に運ばれて、調理される。近くを通りかかると、パンが焼ける香《こう》ばしい匂いがした。

ゾエ率いる婦人会の中に、リュシアンとロザリー、そしてソレーユも交ざる。決起集会をしているようだった。

コンスタンタンら男衆は先に現地へ向かい、会場の準備を進めていた。

今日の服装は、下町の者達が着ているような質素なシャツにベスト、それからズボンに靴《くつ》である。ペラペラな布の服を着たのは、初めてだった。なんとなく、心細い着心地《きごこち》である。

腰《こし》に剣がないのも、落ち着かない。

今回は騎士コンスタンタン・ド・アランブールではなく、ただのコンスタンタンとして協力する。そのため、武装はいっさい必要ない。

炊き出しが行われるのは、下町の古井戸《ふるいど》を中心とする広場。その昔は、この井戸水で下町の者達は生活していたらしい。今は枯《か》れ果《は》て、使われていない。

古井戸の周辺に天幕を張り、ドラン商会が用意したテーブルを設置する。

「おーい、コンスタンタン！」

身ぎれいな恰好《かっこう》で走ってきたのは、クレールである。コンスタンタンは慌《あわ》てて、クレールを荷物が積み上がった陰《かげ》に連れ込んだ。

「どうしたんだよ」

「そのような恰好でやってきて、貴族だとバレたらどうするんだ。ここはすでに、下町だ」

「お前こそ、遠目で見て明らかに、他の奴《やつ》らと佇《たたず》まいが違ったぞ。いかにも育ちがいいですって感じだった」

「……」

いくら下町の者達と同じ服装でいても、貴族であることは隠《かく》せないようだ。

周囲のドラン商会の者達を見るが、コンスタンタンには何が違うかわからなかった。

「それにしても、本当に来たんだな」

「当たり前だ」

先日クレールが訪問した際に、困窮《こんきゅう》する者達や炊き出し計画について話をした。ぜひとも、支援《しえん》に参加したいと、自ら志願してくれたのだ。

これらの一件は、王太子にも報告がいく。下町の現状を耳にし、思うところがあったのだろう。結果、国の予算を使い、炊き出しが行われることとなった。

ただ、王家の名の下《もと》に支援を行ったら、下町の者達は機嫌《きげん》取りだと反感を抱《いだ》くかもしれない。

そのため、この活動は〝菜園スープ堂〟の宣伝ということに決まった。

クレールは上着を脱《ぬ》いだものの、下にも仕立てのいいシャツを着ていた。

「俺、このままだったら、働けないの？」

「いや――そうだな」

クレールには、ひとまずその辺にあった上着を持ち主の了承《りょうしょう》を得て着せた。それから一時間半、炊き出しの会場の準備を行う。

下町の子ども達が、じっと様子を窺《うかが》っていた。クレールが手招きすると、走ってやってくる。

「お兄ちゃん達、何をやっているの?」

クレールは子どもと同じ目の高さになるようしゃがみ込み、優《やさ》しい声で話しかける。

「今からここで、おいしいもんを配るんだよ。その準備を、しているんだ」

「おいしいもんって、何?」

クレールはコンスタンタンを見上げた。説明するために、同じようにしゃがみ込む。

好奇《こうき》心旺盛《しんおうせい》な視線が、コンスタンタンに集まる。

今まで見ていた、貴族の子ども達とはあまりに異なっていた。

ガリガリに痩《や》せた体に、着古した服に、靴を履《は》いていない足下《あしもと》。

自分がいかに恵まれた中に身を置いていたのか、ひしひしと痛感した。

「お兄ちゃん、どうしたの?」

「おいしいもんって、どんなもの?」

「そうだな」

本日の炊き出しの内容を語る。

「カボチャのポタージュと、ニンジンを練り込んだパンを配る」

「わあ、おいしそう!」

「お腹が、ぐーって鳴ったよ」

反応は上々である。続けて、クレールは宣伝した。

「父さんと母さんも連れて、食べにきてくれ。家から、皿を持ってくるんだよ」

「わかった！」

「楽しみ！」

それから三十分もしないうちに、ゾエ率いる婦人会の女性陣がやってきた。続々と、料理が運ばれる。

ガーとチョーも、どこかに潜《もぐ》り込んでいたのか。胸を張って広場に降りたっていた。

「おい、ガチョウの丸焼きでも作るのか？」

ドラン商会の者の発言に、ガーとチョーが憤《いきどお》っている。コンスタンタンは慌てて、ガーとチョーを回収した。左右の脇《わき》に抱《だ》き、邪魔にならない場所へと連れて行く。

広場では、下町の人々が遠巻きに見ていた。突然《とつぜん》現れた一行を、警戒《けいかい》しているようにも見える。いったいどうしたものかと、ため息が零《こぼ》れてしまった。

「コンスタンタン様」

「アン嬢、来たか」

「はい」

下町の女性が着ているようなワンピースを着たリュシアンが、ソレーユを引き連れてやってきた。

こうして見ると、先ほどクレールが指摘《してき》していたことを理解することとなった。リュシアンとソレーユは、とても下町の女性には見えない。どこからどう見ても、お忍《しの》びで下町へやってきた貴族令嬢《れいじょう》である。

コンスタンタンはリュシアンとソレーユを、広場の奥にある天幕へ案内した。

ロザリーはゾエのもとで、バリバリ働いていた。完全に、ドラン商会の婦人会に溶《と》け込んでいる。

「わたくしも、ロザリーのように働けたらいいのですが」

「向き、不向きがあるのだろう」

「そうよ、リュシアンさん。私達ができることを、頑張りましょう」

「そうですね」

リュシアンとソレーユは、ニンジンのパンをカットする作業に取りかかっていた。

いつの間にか、広場には大勢の人々が集まる。

準備が整ったので、婦人会が新しい店の宣伝でスープやパンを配ると呼びかけた。だが、いまだ警戒しているのか、誰も近づこうとしない。

どうしようか。そんな空気が流れている中で、強い風が吹《ふ》く。

スープの匂いを、下町の人々に運んでくれた。

「どいて、どいて！」

「俺が一番に食べるんだ！」

元気よくやってきたのは、先ほどクレールと話した子どもである。家から持ってきた深皿を、スープの鍋《なべ》の前で待つ女性へと差し出した。

「おばちゃん、ちょうだい！」

「おれも！」

あまりの元気のよさに、婦人会の女性陣はポカンとしたようだ。

「おばちゃん、どうかしたの？」

「スープ、くれないの？」

「あ、ああ、いらっしゃい。たくさんおあがりよ」

皿にカボチャのポタージュを注ぎ、上にニンジンのパンで蓋《ふた》をするように置いた。

少年達は空腹だったのか。その場で食べ始める。

「うめー！」

「こんなうまいスープ、初めてだ！」

その感想を聞いたら、我慢《がまん》できなくなったのだろう。家から皿を持ってきた者達が、だんだんと列を成す。

「どうなるものかと思っていたが、なんとかなったな」

「ああ」

広場でスープを飲み、パンを頬張《ほおば》る人々は皆、笑顔だった。

たとえ活動を糾弾《きゅうだん》されても、何もしない者達にはこの笑顔は見えておらず、どれだけの人達を救っているのか知りもしないだろう。「やらない慈善よりも、やる偽善《ぎぜん》のほうがずっといい」。

そんなソレーユの言葉を思い出し、その通りだとコンスタンタンは思った。

だんだんと人が増え、手が回らなくなる。コンスタンタンやクレールもパンのカットに参加し、リュシアンやソレーユはカボチャのポタージュを皿に注いでいた。

そんな中で、少女の叫び声《ごえ》が響《ひび》き渡る。

「その人達は、貴族だ!!」

少女はぐいぐいと人を押《お》しやり、前に前にとやってきた。

少女の顔を見たコンスタンタンはハッとなる。あの少女は、ソレーユの財布を盗んだ少女だった。

「こんなことをして、何か企《たくら》んでいるに違いない!! 食べ物で飼い慣らし、利用するつもりなんだ!!」

シンと、静まり返る。賑《にぎ》わいを見せていた広場は、瞬時《しゅんじ》に静まり返った。

「あの男は、あたしを捕《つか》まえて、騎士隊《きしたい》に突《つ》き出した乱暴者だ!」

その叫びを聞いた下町の人々は、蜘蛛《くも》の子を散らすように天幕の前からいなくなる。

「いったい、何が目的なんだ!!」

その問いに、答えられる者はいない。そう思っていたが――リュシアンが一歩前に出る。

コンスタンタンは傍《そば》に寄ろうとしたが、クレールに腕を掴《つか》まれた。

「アン嬢!」

「待て、コンスタンタン。ここは、リュシアン嬢に任せよう」

「しかし」

「いいから、信じろ」

リュシアンが対峙《たいじ》しているのは、成人男性に飛びかかり噛《か》みつくような少女だ。もしものことがあったら――と、心配していたが、リュシアンは少女ににっこり微笑みかけていた。

「わたくし達《たち》は、同じ国で暮らす者同士、手と手を取り合い、幸せに暮らす毎日を、望んでおります。特に、手塩にかけて育てた野菜を通して、人々とわかり合いたい。それだけで、他意はありませんわ」

優しい声でありながら凛《りん》とした訴《うった》えに、少女はたじろいでいる。

リュシアンは背後を振り返り、ソレーユに指示を出す。

「ソレーユさん、ポタージュとパンを」

「え、ええ。わかったわ」

深皿にポタージュが満たされ、蓋をするようにパンが置かれる。子ども限定に配った、クッキー生地《きじ》で作ったスプーンを添え、ソレーユはリュシアンに手渡す。

リュシアンはおっとりと微笑みながら、少女に差し出しつつ言った。

「あなたの心が、この一杯のスープで満たされますように」

少女は素直《すなお》に、皿を受け取る。そして、その場でポタージュを口にした。

ポロリと、大粒《おおつぶ》の涙《なみだ》が零れる。小さな声で、「おいしい……！」と呟《つぶや》いていた。

「ポタージュもパンも、まだありますからね。たくさん、召《め》し上《あ》がってくださいませ」

その後、ロザリーが明るく声をかける。

「パンとポタージュの、試食をやっておりまーす！　今度開店する、〝菜園スープ堂〟の、特

製カボチャのポタージュと、ニンジンのパンですよー！」

再び、人が集まって列を成した。リュシアンの情熱が、皆に伝わったのだろう。

それから一時間ほどで、ポタージュとパンの配布は終了した。


下町の広場を片付け、撤退《てったい》できたのは三時のおやつを食べるような時間帯であった。

コンスタンタンは、道ばたに生えている雑草を食《は》むガーとチョーを回収し、やっとのことで家路に就《つ》く。

それから、後片付けをして、手伝ってくれた者達を労い、解散となる。

すでに太陽は沈《しず》みかけていた。そんな中で、リュシアンを発見した。

ぼんやりと王の菜園を眺《なが》めるリュシアンに、コンスタンタンは声をかけた。

「アン嬢、今日は、頑張《がんば》ったな」

「コンスタンタン様のほうこそ、お疲《つか》れ様《さま》でした」

リュシアンは気丈《きじょう》にふるまっているように見えるが、かなり疲れているであろう。本当に、大変な一日だった。

「あれから、ソレーユさんと、ロザリーと、野菜サロンについて話し合ったのです」

貴族女性を集めて、王の菜園で働く。そんな計画だったが、見直す必要があるという。

「野菜サロンを、貴族の女性と限らず、すべての女性を受け入れられる集まりにしたいのです」

「それは、いい考えだ」

「そう、思ってくださいますか？」

「ああ。大変だろうが、貴族にも、平民にも、居場所や仕事がなく、困っている者達がいるだろう。きっと、救いの手となるはずだ」

「はい！」

リュシアンは瞳を潤《うる》ませていたが、今日一番の笑顔を見せてくれた。そんな彼女《かのじょ》に、コンスタンタンは懐《ふところ》に入れていたベルベットの小袋《こぶくろ》を取り出し、リュシアンに差し出す。

リュシアンは不思議そうに眺めていた。

「コンスタンタン様、こちらはなんでしょうか？」

問いかけには答えず、袋から取り出して見せる。

夕日を浴び、指輪についているファイアオパールが燃えた。

「まあ！　なんてきれいな宝石ですの⁉　石の中で、炎《ほのお》が立ち上っているように見えます」

「これは、ファイアオパールという名の宝石で、石言葉は、〝幸福〟、〝情熱〟、〝魂《たましい》の喜び〟、〝不屈《ふくつ》〟。アン嬢にぴったりだと思い、結婚《けっこん》指輪として選んだ」

「まあ……！」

リュシアンはファイアオパールと同じくらい、瞳をキラキラ輝《かがや》かせて指輪を見つめていた。

「受け取ってくれるだろうか？」

「わたくしに、この指輪をくださると？」

コンスタンタンが頷《うなず》くと、リュシアンは感極《かんきわ》まったのか目を潤ませた。

「本当に、きれいです。コンスタンタン様……ありがとう、ございます」

左手の薬指に、ファイアオパールの指輪を嵌《は》める。リュシアンの指の上で、情熱的に燃えているように見えた。

「気に入ったか？」

「はい！」

コンスタンタンも自身の指輪を取り出し、指に嵌めた。

互《たが》いに見せ合い、微笑み合う。

今日あったことは、絶対に忘れないだろう。このファイアオパールの指輪が、コンスタンタンとリュシアンの指に嵌められ、情熱を絶やさず燃えている限り。

週に一度の炊き出しは順調に続く。

二回目からはただ料理を配るだけでなく、求人の掲示板《けいじばん》も設置した。

まずは、いきなり王の菜園での求人を出すのではなく、この炊き出しの手伝いを行う人員を募集《ぼしゅう》したのだ。

すると、この前リュシアンに物申した少女アニーが名乗り出た。他にも、数名の女性が働きたいと名乗り出てくれる。

翌週から、雇《やと》った下町の者達と共に炊き出しを行った。

この日は、ドニがドラン商会での求人を募集する。倉庫に商品を運び込む仕事で、数名の失業者が就職を希望したという。

その次の週には、いくつかの商会が下町の者を雇い入《い》れたいと、求人を持ってきてくれた。

働き口を探せるということで、古井戸がある広場はだんだんと賑わう。

三週目には、アニーがリュシアンのもとにやってきて、「週に一度だけでなく、もっと働きたい」と訴えてきた。

「もちろん、歓迎《かんげい》いたします。しかし、その前にお話ししなければいけないことが、ありまして」

「何？」

「わたくし達は、王の菜園を拠点《きょてん》とし、働いているのです」

「王の、菜園？」

「ええ。国王陛下に献上《けんじょう》する野菜を、育てている場所です。この、炊き出しに使っている野菜も、王の菜園で採れたものなのですよ」

「そう、だったんだ」

「もちろん、この炊き出しも、国王陛下の許可のもとに、行われているのです」

王の菜園で働くには、志が同じでないといけない。アニーには王の菜園の在り方を、しっかり理解してもらう必要があった。

「国王陛下のために、わたくし達は日々働いております。同じ方向を向いて働いていただけるのであれば、あなたを心から歓迎いたします」

アニーは言葉を失っている様子だった。それは無理もないだろう。

彼女の父親は、国王が発令した増税により失業した。その後は、家で酒浸《さけびた》りの日々を過ごしているという。

革《かわ》職人で、アニーは心から尊敬していたという。そんな父親が、落ちぶれてしまった。国王のせいだと、憤りを覚える気持ちはリュシアンにも理解できる。

「正直に言うと、国王が、憎《にく》い……！　でも、そんな気持ちだけ抱《かか》えていると、あたしはきっとこの先、不幸になる」

「ええ」

人は、完璧《かんぺき》ではない。国王でさえ、道を誤る場合がある。

「国王陛下は今、間違《まちが》った道に気付き、正しい道へ行こうと努めています。わたくし達にできるのは、王の菜園で野菜を作り、国王陛下の食生活を支えることだけ」

「あんた達は、国王だけじゃなくて、あたし達みたいな者達も、支えてくれるんだ」

「ええ。人は転んでも、立ち上がることができます。そのお手伝いを、できたらいいなと思っております」

「転んでも、立ち上がれる？」

「ええ。正しい心を持っていれば、いつだって人はやり直せるのです」

リュシアンの言葉を聞いたアニーの瞳に、光が宿った。

「あ、あたし、まずは、あの人に謝《あやま》らなきゃ！」

いてもたってもいられなかったからか、突然走り去る。駆《か》けて行った先はソレーユのもとだった。

突然アニーが押しかけ、ソレーユは驚《おどろ》いた表情を浮かべていた。

アニーは頭を下げ、謝罪する。

「あの、ごめんなさい」

「あら、何の謝罪かしら？」

「あたし、あんたの財布を、盗んだんだ」

「ああ、そのこと」

「もう、しない。だから、許して」

ソレーユは眉《まゆ》を顰《ひそ》め、アニーを問いただす。

「どうして、私を盗みのターゲットにしたの？」

「あんたは、きれいな服を着ていて、幸せそうで、財布を盗んだとしても、人生のどん底に落ちないと思ったから」

「そう」

それは、冷ややかな声だった。アニーの表情は、強《こわ》ばっていく。

「私は幸せそうに見えたかもしれない。けれど、実際の私はそこまで幸せな人間ではないわ。一人目の婚約者《こんやくしゃ》から切り捨てられ、二人目の婚約者からは蔑《ないがし》ろにされ、貴族女性として立派に生きられない、哀《あわ》れな女なのよ」

「そんな……！」

「でも、あなたから見たら、恵まれているのでしょうね。たしかに、あのとき財布を盗まれた程度では不幸にならない、幸せで脳天気女よ。間違いないわ」

言い切った瞬間、ソレーユの瞳《ひとみ》が陰る。

リュシアンはハラハラしながら、ソレーユとアニーを見守っていた。

「アニー、大丈夫《だいじょうぶ》よ。あなたは自棄《やけ》っぱちになっていただけで、働き者だし、素直な性格をしているわ。これからやりなおして、きっと、幸せになれる。自信を持ちなさい」

ソレーユはそう言って、アニーの肩《かた》をポンと叩いた。

それは、彼女なりの「許してあげる」の言葉だったのかもしれない。

「私だけではなく、噛みついたアランブール卿にも謝りなさい」

「それは、もちろん」

ソレーユはにっこり微笑《ほほえ》む。

一方で、アニーはホッとした表情を浮かべていた。もう、彼女は大丈夫。二度と、道を誤らないだろう。

ただ、リュシアンは逆に、ソレーユが心配になってしまう。

彼女は何者で、いったいどのような事情があって二回もの婚約を破棄《はき》することとなったのか。

ソレーユから話を聞こうと思っていたものの、ここ最近バタバタとしていて余裕《よゆう》がなかった。

今夜にでもと思ったが、ソレーユのほうが人を近づけさせないようなオーラを放っている。

こういうときは、放っておいたほうがいい。

もうしばらく、時間を置くことにした。

◇◇◇

本日は、野菜サロンを開くにあたっての説明会を行う。

炊き出しで出会ったドラン商会の婦人会から、下町の女性達、加えてモニクの知り合いの貴族女性達と、多くの人々が集まった。

ロザリー、ソレーユ、モニク、それからアニーの手を借りて、参加者達に茶と菓子《かし》が振《ふ》る舞《ま》われた。

紅茶は、タマネギの皮を使って作られたものである。緑色のケーキは、ほうれん草のシフォンケーキだ。

珍《めずら》しい茶や菓子を見て、参加者達は目を丸くしていた。

リュシアンは皆の前に立ち、野菜サロンで行いたいことを発表する。

「わたくし達は、王の菜園の廃棄《はいき》予定だった野菜を使い、おいしい料理を作って提供する喫茶店の開店を、目指しております。まずはどうぞ、お茶とお菓子を、召し上がってくださいませ」

タマネギ茶の作り方は実にシンプルである。皮を数日乾燥《かんそう》させ、煮出《にだ》すのだ。すると、美しい朱色《しゅいろ》の茶が完成する。

「匂《にお》いはほんのりタマネギですが、レモンを搾《しぼ》って、砂糖を入れたら立派なお茶ですわ。ぜひ、味わってください」

皆、タマネギの茶と聞いて、こわごわであった。しかし、一人目が飲んで「おいしい」と絶賛すると、次々と飲み始める。

「本当、おいしいお茶だわ！　タマネギを使っているなんて、信じられない！」

「いつも飲んでいるお茶より、おいしいわ！」

評判は上々だ。リュシアンはホッと胸をなで下ろす。

「続いて、ほうれん草のシフォンケーキですが、こちらは緑色で驚くかもしれませんが、アーモンドミルクを使い、優しい味に仕上げております。ぜひ、ご賞味ください」

ほうれん草を使った緑色のケーキも、集まった女性陣《じょせいじん》にとっては未知の食べ物である。恐る恐る、といった感じで、口に運んでいた。

「おいしい、わ」

「フワフワしていて、しっとりした、品のあるケーキね」

「ほうれん草の風味も、気にならないわ」

「これだったら、うちの子どもも食べてくれそう！」

タマネギの茶とほうれん草のシフォンケーキは好評だった。

王の菜園での活動について話し、きちんと働いた分だけ報酬《ほうしゅう》があるというのも伝えておく。

まだ、喫茶店をオープンしていないので、売り上げはない。現状の資金源は、王太子が出してくれた予算と、ドラン商会を始めとする事業を応援《おうえん》する者からの寄付であった。リュシアンも、父親に頼み込んでいくらか支援してもらっている。もちろん、アランブール伯爵家《はくしゃくけ》からも応援があった。

資金は借りたものとし、ゆくゆくは売り上げから返していけたらいいなとリュシアンは考えていた。

説明会が終わり、参加者達は帰っていく。その中で、血相を変えて駆け寄《よ》る者がいた。

彼女はモニクの友達で、伯爵令嬢《はくしやくれいじよう》である。話はリュシアンやモニクではなく、ソレーユにあるようだ。

ソレーユは目を見開き、やってきた女性を見つめていた。

「あ、あの、デュヴィヴィエ公爵令嬢《こうしやくれいじよう》、ですよね？」

声をかけようとしていたモニクの、動きがピタリと止まった。

ソレーユの表情も、強ばっていく。

「あの、最近、夜会にいらっしゃらないので、行方《ゆくえ》不明になったのではと、噂《うわさ》が立っていたものですから」

リュシアンは驚く。ソレーユがシュシュ家の娘《むすめ》ではないだろうと察していた。しかし、国内でも五本の指に入るほどの名家であるデュヴィヴィエ公爵家の令嬢だとは、想像もしていなかったのだ。

ソレーユの表情を見て何かを察したモニクは、友達である伯爵令嬢の手を取って、外に連れ出してくれた。アニーも、モニクのあとを追って出て行く。

ロザリーもここにいないほうがいいと思ったのか、立ち去ろうとする。しかし、ソレーユに腕を掴まれてしまった。

「う、うぐ！」

「あなたは、ここにいなさい」

「は、はい」

ソレーユはリュシアンの顔をジッと見つめ、話があると言う。

「では、お茶を淹《い》れましょう。ロザリー、お菓子の用意をしていただける？」

「は、はい」

「ソレーユさんは、わたくしと一緒《いっしょ》に茶器を選びましょう」

ソレーユは泣きそうな顔で、頷いた。


棚《たな》の奥《おく》に置いておいた、磁器のカップに紅茶を注ぐ。ロザリーは、二週間ほど熟成させていたドライフルーツのケーキを、カットしていた。

円卓に白いテーブルクロスをかけ、茶器を並べていく。ロザリーがカップに紅茶を注いでくれた。砂糖を入れて、レモンを浮《う》かべる。

冷めないうちに、紅茶を飲む。香《かお》り高《たか》く、芳醇《ほうじゅん》な茶葉の味わいを舌で感じた。レモンの酸味が、湿《しめ》った雲のような気持ちを少しだけ爽《さわ》やかにしてくれる。

ソレーユは虚《うつ》ろな瞳を紅茶に向けたまま、微《び》動《どう》だにしない。

「ソレーユさん、紅茶、おいしいですよ」

「え、ええ」

「角砂糖は一つ、だったかしら？」

「あ、自分でやるわ」

ソレーユは角砂糖をカップに落とし、スプーンで混ぜる。そして、紅茶を一口飲んだ。

「本当に、おいしいわ」

やっと、ホッとしたような表情を見せてくれた。

紅茶を飲んで、決意が固まったのだろう。ソレーユはまっすぐリュシアンを見ながら話し始める。

「リュシアンさん、ずっと、黙《だま》っていてごめんなさい。私、シュシュ家の人間ではなく、先ほど言われた通り、デュヴィヴィエ公爵家の者なの」

「そう、だったのですね」

「さっきも思ったけれど、あまり驚かないのね」

「なんとなく、ソレーユさんは王族に近い、高貴なお生まれなのかな、と思っておりましたので」

「もしかして、私が説明するのを、待っていてくれたの?」

「待っていましたし、わたくしもソレーユさんとお話ししなければと、考えておりました」

ソレーユは頭を抱え、うな垂れる。消え入りそうな声で「ごめんなさい」と重ねて謝罪の言葉を口にしていた。

「何か、隠さなければならない、事情がおありだったのでしょう?」

「ええ……」

ソレーユは胸の中に抱えていたであろう、事情を口にする。

「私、もともとは王太子殿下《でんか》と結婚するつもりだったの」

リュシアンは驚く。けれど、なるべく大きな反応をせず、静かな声で相槌《あいづち》を打った。

「そう、でしたのね」

ここで、リュシアンはピンとくる。以前、王太子の結婚の話題になったときに、ソレーユの挙動がおかしな時があったのだ。

王太子はソレーユと結婚するつもりだったが、隣国《りんごく》の王女と結婚話《けっこんばなし》が急浮上《きゅうふじょう》した。そのため、ソレーユとの婚約は破談となったのだろう。

「幼いころから、わたくしは王妃《おうひ》になるのだと言われ、厳しい教育をされながら育ったわ。それなのに、王家の事情で婚約は破談。まあ、仕方がない話だわ」

けれど、仕方がないで片付けられない事情もある。それは、ソレーユが王太子へ抱いた恋心《こいごころ》であった。

「王太子殿下のためならば、辛《つら》い花嫁修業《はなよめしゅぎょう》も耐《た》えられたわ。でも、すべて無駄《むだ》になった」

それでも、デュヴィヴィエ公爵家の娘として生を受けたソレーユは、前を向いて生きなければならない。それが、貴族という選ばれた立場で生きる者の定めだから。

「次に、父が私に命じたのは、第二王子ギュスターヴ殿下との結婚だったわ」

リュシアンはハッとなる。どうしたのかとソレーユに聞かれ、しどろもどろに答えた。

「ギュスターヴ殿下の婚約発表パーティーに、わたくしとコンスタンタン様も参加していたものですから」

「そうだったのね。驚いたでしょう？　いきなり中止になって」

「え、ええ……」

相手はサプライズで発表という話だったのが、中止となったので最後まで公表されなかった。まさか、ソレーユと結婚するつもりだったとは、リュシアンも驚いてしまう。

「前にも少しぼかして話したけれど……あの人は、愛人の子どもを私の子どもとして引き取り、育てるようにと命じたのよ。私は結婚して、役目をきっちり務める気持ちを固めていたのに、なんてことを言い出すのかと思って。私の中にある自尊心が、プツンと切れてしまったの」

そこからパーティー会場を抜《ぬ》け出し、一人旅をした挙げ句、リュシアンの侍女《じじょ》にしてくれと懇願《こんがん》するまでに至ったという。

「私が公爵家の娘だと言えば、リュシアンさんが私を侍女として、使いにくいのではと思ってしまったの。それに——」

「それに？」

「デュヴィヴィエ公爵家の娘としてではなく、私個人として、接してほしかったのよ」

ソレーユはうな垂れながら話す。これまでの人生は、皆《みな》デュヴィヴィエ公爵家のソレーユとして付き合っていたと。誰《だれ》も、ソレーユ自身を見ていなかった。だからここでは、ただのソレーユとして接してほしい。そんな願いがあったようだ。

「王の菜園で働く毎日は、夢のようだったわ。誰も、私をデュヴィヴィエ公爵令嬢として扱《あつか》わずに、私個人を見て、頑張ればそれだけ認めてくれた。こんなに、嬉《うれ》しいことはないと思うの。だから、このままでもいいのではと思って、リュシアンさんに告げるのが、遅《おそ》くなってしまったわ」

「ソレーユさん……」

「本当に、ごめんなさい。もっと早く、いいえ、最初に、リュシアンさんには話しておくべきだったわ。だって、リュシアンさんは、わたくしが公爵令嬢だから、特別扱いするような人ではないから」

リュシアンは誰かを身分や家柄《いえがら》を見つつ、付き合うことはしない。農業指導者であれ、ロザリーであれ、アニーであれ、皆、一人の人として向き合っている。

「だから私は、リュシアンさんのことが、大好きなの」

「わたくしも、ですわ。リュシアンさんの、高潔《こうけつ》な生き方を、とても、尊敬しております」

「やだ、そんなふうに言わないで。私は、役目から逃《に》げ出《だ》した女なんだから」

「そんなことはありませんわ。ソレーユさんは、立派です。今まで、これ以上なく、頑張ってきました。とっても、偉《えら》いです！」

リュシアンの訴えにソレーユは目を伏《ふ》せ、それから真珠《しんじゅ》のような美しい涙を零した。

ポロポロと流れる度《たび》に輝く。

リュシアンはソレーユに傍に寄り添《そ》い、そっと肩を抱いた。

夜、リュシアンはコンスタンタンと話をする時間を作った。

まず、本日の野菜サロンの説明会で、多くの賛同者を得られた件について報告する。

「タマネギのお茶や、ほうれん草のシフォンケーキを、おいしいと言っていただき、王の菜園での活動について、理解もしていただきました」

「そうか、それはよかった」

これから活動するにあたり、いくつか事業開発計画を作成している。

まず一つ目は、王の菜園を使った喫茶店《きっさてん》の経営。二つ目は、宿泊施設《しゅくはくしせつ》を作ること。三つ目は、王の菜園での活動を知ってもらい、支援者《しえんしゃ》を募《つの》ること。

「女性の労働と自立を目標に掲《かか》げ、活動できたらなと、考えております」

「私に協力できることがあったら、なんでも言ってくれ」

「ありがとうございます」

話し終えて、すっかり冷え切った紅茶を飲む。渋《しぶ》みが強くなり、リュシアンは眉間《みけん》に皺《しわ》を寄せた。ロザリーが淹れ直そうかと申し出たが、ここに長居するつもりはない。

次なる用件を、コンスタンタンに話す。

「あの、先ほど、ソレーユさんからご実家のデュヴィヴィエ公爵家についてのお話を、聞きしました」

「そうだったか」

コンスタンタンは知っていると、ソレーユは話していた。最初に会ったときに、彼女は「ソレーユ・ド・デュヴィヴィエ」と名乗ってしまったらしい。そのため、事情を話さなければならなかったようだ。

「黙っていて、すまなかった」

「いいえ。ソレーユさんも、コンスタンタン様が事情を知っているからこそ、のびのびと過ごせたのではないかと、思っております」

「そう、だな」

デュヴィヴィエ公爵家とアランブール伯爵家が密に連絡《れんらく》を取り、ソレーユの近況《きんきょう》は実家に伝わっていたようだ。その点も、安堵《あんど》する。

「社交界では、行方不明であるという噂が広がっているが、まあ、デュヴィヴィエ公爵家は居場所を知っているわけで、黙認《もくにん》もしている。心配は、いらないだろう」

「ええ」

「これまで通り、付き合ってくれると、嬉しい」

「もちろん、そのつもりですわ」

ただ、王太子や第二王子との話を知ってしまい、胸が締《し》め付《つ》けられる思いとなる。正直にコンスタンタンへ告げると、難しい問題であると零していた。

「我々が気を付けるべきことは、王太子殿下とソレーユ嬢《じょう》が顔を合わせないようにするばかりだな」

「そう、ですね」

多忙《たぼう》な王太子は、コンスタンタンを呼び出すことはあれど、王の菜園へはやってこない。

だから、二人が邂逅《かいこう》する機会などないだろう。

このときのコンスタンタンとリュシアンは、そう思っていた。

◇◇◇

本日は晴天。野菜サロンの活動で集まった女性陣と、ジャガイモの収穫《しゅうかく》をする。

これらのジャガイモを、王都の市場で売ることが決まった。

野菜サロンの女性の中に、市場の管理を職業にしている夫を持つ者がいたのだ。急遽《きゅうきょ》空いたスペースを借りて、野菜の販売《はんばい》を始める。

「えーっと、では、これからジャガイモを洗いましょうか」

リュシアンが指示を出そうとしたら、挙手して物申す者がいた。

「待ってください。ジャガイモは、土がついたままだと、新鮮《しんせん》だと思って手が伸《の》びます。きれいに洗う必要はないかと」

「そうなのですか?」

他の女性陣を見ると、皆コクコクと頷いている。

「なるほど、勉強になります。市場のジャガイモがどういう状態で売られているか、まったく気にしていませんでした」

収穫したジャガイモは、泥《どろ》のついた状態での販売が決まった。

「それでは、ひとまず休憩《きゅうけい》にしますか。手を、きれいにしましょう」

井戸《いど》の周囲に集まり、お喋《しゃべ》りをしながら石鹸《せっけん》で手を洗う。

ソレーユは熱心に、手先を洗っているようだった。

「ソレーユさん、もしかして、爪《つめ》の中に泥が入り込んでしまいましたか？」

「そうなのよ！　短く切ったばかりだというのに、見て！」

短く整えられたソレーユの爪に、泥が入り込んでいる。

本来ならば、このように泥まみれになっていい女性ではない。ソレーユの人生はこれでよかったのだろうかと、リュシアンはつい考え込んでしまう。

「リュシアンさん、どうかしたの？」

「あ、いえ。こういう時は、洗うコツがあるのですよ」

「教えてちょうだい！」

もっとも手っ取り早くきれいにするには、爪の手入れ用のブラシを使うといい。リュシアンはいつも持ち歩いているので、ソレーユに貸してあげる。

「爪の裏側にある甘皮《あまかわ》を、裂《さ》かないように気をつけてくださいね」

これは爪下皮《そうかひ》といって、爪の中に雑菌《ざっきん》が入らないように防ぐ役割がある。あまりごしごし洗い過ぎると裂けてしまうので、注意が必要だ。

「へえ、爪下皮ね。初めて聞いたわ」

「力を入れる必要はありません。さっさと、撫《な》でるようにブラシを動かしてみてください」

「わかったわ」

ブラシを使うと、爪に挟《はさ》まっていた泥が取れたようだ。ソレーユは嬉しそうにしている。

「リュシアンさん、私もこれを買うわ」

「でしたら、ドラン商会のゾエさんがやってきた時に、ソレーユさんの分も頼《たの》んでおきますね」

「ありがとう」

茶を淹れて、どこかで飲もうか。そんな話をしていたら、井戸の周囲にいた女性陣が落ち着かない態度を見せる。

王の菜園の脇《わき》を、誰かが歩いてきているようだった。多くの供を連れているため、中心人物はよく見えない。

ソレーユは訝《いぶか》しげな様子で、リュシアンに問いかける。

「リュシアンさん、あれ何？　視察《しさつ》か何か？」

「そういうお話は、聞いておりませんが……」

その男性はせっせと働く農業従事者の一人に、話しかけている。

話し終えたあと、再び歩き始める。だんだんと、姿がはっきり捉《とら》えられるようになった。

「あの人、ものすごくカッコイイわ」

「あら、本当、いい男ね」

「いったい、誰なのかしら？」

「身分の高い人よ、きっと」

「そうに決まっているわ。歩いているだけで、上品ですもの」

ようやく、リュシアンはやってきた男性が誰か気付くこととなった。

同時に、ソレーユは踵《きびす》を返し、走り出す。

「ソレーユ!!」

遠くから、ソレーユを呼ぶ男性の声が聞こえた。

ソレーユは目にも留まらぬ速さで、王の菜園を駆け抜けていく。リュシアンのもとにやってきた男性は、そのまま追いかけずにリュシアンの近くで立ち止まった。

「やあ、リュシアン嬢。その、すまないね」

「いいえ。お久しぶりでございます、王太子殿下」

リュシアンはソレーユについて聞かず、そのままアランブール伯爵邸《はくしゃくてい》のほうへ案内した。


王太子は外交の帰りに王の菜園の様子を見ようと立ち寄ったようだ。まさか、そこでソレーユと再会するとは、思いもせずに。

コンスタンタンとリュシアンは、気まずい思いで王太子の話を聞いている。

「その様子だと、私とソレーユについての事情を、知っているようだね」

「僭越《せんえつ》ながら……」

こんな偶然《ぐうぜん》は、二度とないだろう。王太子は悪くないものの、内心ガックリとうな垂れてしまった。

「デュヴィヴィエ公爵にソレーユについて尋《たず》ねても、何をしているか答えてくれなくてね。その、弟の婚約発表パーティーから逃げ出したきり、どうなったか聞いていなかったものだから」

ソレーユがいることがバレてしまえば、事情を隠《かく》せないだろう。コンスタンタンの判断で、当時あった出来事をかいつまんで報告する。

「なるほど。愛人の子を、ソレーユに育てろと言っていたと。それは、酷《ひど》い話だ。クレールに頼み、弟について調べさせていたが、まさかそのように心ない発言をしていたとは……」

ちなみに現在第二王子ギュスターヴは、国境で司令官として働いているという。愛人とは別れさせ、精神を鍛《きた》えるために日々働いているようだ。

「最初に国境送りにして根性《こんじょう》をたたき直してから、ソレーユと結婚させるべきだった。彼女ならば、愚弟《ぐてい》を正しい道へと導いてくれると、甘《あま》えていた面もあったのだ。この一件に関しては、私に大いに責任がある。ソレーユに謝罪を、と思っていたのだが、会う資格すら、ないのかもしれない」

返す言葉が見つからない。王太子は第二王子とソレーユの結婚を反対しなかったことについて、反省し、謝罪をしたいようだった。

「ソレーユに、伝えてくれないだろうか。すまなかった、と」

コンスタンタンとリュシアンは、黙って頷くことしかできなかった。

「私的な話をしてしまった。今日は、王の菜園と働く人々を見に来ただけだったが、先触《さきぶ》れを出したほうがよかったな」

警備の関係もあるので、そのほうがいいのだろう。コンスタンタンは言葉を濁《にご》しつつも、伝

えた。

「逆に、迷惑《めいわく》をかけた」

「いえ。王太子殿下に気に懸《か》けていただけたことは、光栄に存じます」

リュシアンもコンスタンタンの言葉に倣《なら》い、頭を下げる。

「皆、明るい表情で働いていた。国王陛下も、お喜びになるだろう」

ソレーユとの一件がなかったら、王太子の訪問を心から歓迎し、もらった言葉を喜んでいただろう。

今は、ソレーユの心情を考えて、胸が苦しくなるばかりである。

側近の一人が、王太子に耳打ちする。

「ああ、わかった。そろそろ、失礼させていただく」

コンスタンタンとリュシアンは、王の菜園の門まで王太子を見送った。

「ではまた、何かあれば連絡しよう」

「はっ」

コンスタンタンは、黙礼《もくれい》した。リュシアンも、頭を下げる。

去りゆく王太子の馬車を見つめながら、リュシアンは切ない胸をぎゅっと押《お》さえた。

ソレーユは大丈夫だっただろうか。

余計なお世話だと思いつつも、リュシアンはソレーユの私室を訪問する。

「ソレーユさん、いらっしゃいますか？　ソレーユさん」

しばらく、放っておいたほうがいいのか。そう考えていたら、突然扉《とつぜんとびら》が開いた。

「リュシアンさん!!」

飛び出してきたソレーユは、リュシアンに抱《だ》きつく。肩を震《ふる》わせ、涙《なみだ》しているようだった。

リュシアンは優《やさ》しく、ソレーユの背中を撫でる。

ロザリーの淹れた紅茶を飲み、ソレーユはふうと息をはく。だいぶ、落ち着いたようだ。

「取り乱してしまって、ごめんなさい。恥《は》ずかしいわ」

「いいえ。どうか、お気になさらず」

リュシアンがとっておきの時に食べようと思っていた、チョコレートを勧《すす》めた。

チョコレートを口にしたソレーユは、再び涙目になる。

「ソレーユさん、お口に、合わなかったのでしょうか？」

「いいえ、リュシアンさんが優しくしてくれるから、感極まってしまって」

ソレーユはリュシアンが用意したチョコレートを指差し、これはとてもいいチョコレートだという。

「ご褒美《ほうび》にと思って、この前街に出かけた時に買ったのです」

「それを、私にくれるなんて！」

ソレーユはリュシアンの侍女になり、初めて給金というものを得た。ロザリーと街に出かけ、初めて買い物をした記憶《きおく》が甦《よみがえ》ったのだという。

「お給金で、チョコレートを買ったのよ。帰ってから食べてみたら、なんというか、とても味けなくて」

そこで、ソレーユは気付く。今まで自分が食べていたチョコレートは、高級品だったのだと。

「そんなことも知らずに、チョコレートを食べていたのねって、思って……」

今日、リュシアンが用意してくれたチョコレートは、ソレーユがかつて実家で食べていた高級チョコレートと同じ味わいだという。

「だから、リュシアンさん、ありがとう」

「いいえ、わたくしも、食べたいと思っていたので」

そんな言葉をかけると、ソレーユは余計に涙を零《こぼ》した。まだまだ、落ち着きを取《と》り戻《もど》すのに時間がかかりそうだ。

「重ねて謝るけれど、ごめんなさい」

思いがけず王太子に出会ってしまい、酷く情緒《じょうちょ》不安定になっていたと告げる。

「まさか、王の菜園で出会うなんて、思いもしなかったわ」

「コンスタンタン様も、驚いておりました」

「何をしにいらっしゃったの？」

「王の菜園の、視察にいらっしゃったようです。外交の帰りに、ついでに寄ろうと思われたみたいで」

「そう、だったのね」

王太子の伝言を、ソレーユに伝えるべきなのか。リュシアンは迷っていた。

ソレーユはいまだ、王太子への恋《こい》する気持ちが心にあるように思える。でないと、逃げ出さなかっただろう。

王太子も、おそらく同じ気持ちなのだろう。ソレーユを発見し一目散に走ってくるなど、気持ちが強い証拠《しょうこ》だ。

二人は、このままでいいのだろうか。他人を通じて言葉を交《か》わし、そのまま終わってしまったら、一生悔《く》いになるような気がしてならない。

「王太子殿下は、私について、何かおっしゃっていた？」

「え？」

「ほ、ほら、私、逃げてしまったでしょう。何か、不興を買ってしまったら、王の菜園のイメージまで悪くなってしまうのではと思って」

「いいえ、王太子殿下は、お気を悪くされている様子はありませんでした」

「だったら、よかったわ」

その後、しょんぼりと落ち込むソレーユの傍《そば》に付き添い、静かに茶を飲む。

王太子からの伝言は、伝えなかった。

夜――リュシアンはコンスタンタンに相談する。

「先ほどソレーユさんとお話ししたのですが、王太子殿下からの伝言は言えませんでした」

「そうか」

リュシアンはソレーユと王太子から感じた恋心を、そのままコンスタンタンに伝えた。

「わたくしの、気のせいかもしれませんが」

「いいや、未練があれば追いかけないし、逃げもしないだろう。二人は、恐《おそ》らく現実と向かい合わず、目を逸《そ》らしている状態なのだ」

「ええ……」

王太子とソレーユが結婚《けっこん》してくれたら、どんなによかったか。リュシアンは考える。けれど、現実はそう上手《うま》くいかない。

貴族社会は、色恋沙汰《いろこいざた》で回っているわけではないのだ。コンスタンタンとリュシアンのように、想《おも》い合って結婚する者はごく稀《まれ》。結婚後、愛情に飢《う》えて恋人《こいびと》を持つ者も珍しくないという。

「お二方について、あれこれ考えるのは、余計なお世話なのでしょうか？」

「私はそうは思わない。気持ちを心に残しておくほうが、辛いだろう」

「何か、できることはありますでしょうか？」

コンスタンタンは顎《あご》に手を添え、何やら考える素振《そぶ》りを見せる。

「面会の機会を、作っていただけないか、クレールに聞いてみよう」

「コンスタンタン様、ありがとう、ございます！」

「まだ、面会が叶《かな》うかどうか、わからないがな。それに、ソレーユ嬢がどう思うか」

「もしも会う機会が作れるのであれば、わたくしが説得してみせますわ」

「頼む」

そんなわけで、王太子とソレーユの面会計画が立ち上がった。

◇◇◇

今日も今日とて、野菜サロンの活動は行われる。

喫茶店の厨房《ちゅうぼう》に二十名ほどの女性陣が集まり、リュシアンを取り囲んでいた。

「それでは、美容にいい野菜スープを紹介《しょうかい》いたしますわ」

本日は、リュシアンが教える美容にいい野菜スープを作る講習である。

普段《ふだん》、料理をする平民の女性を中心に、数名貴族出身の女性も交ざっていた。美しさを得たいというのは、共通認識《にんしき》のようだった。

「メインの食材は、ブロッコリーです」

厨房には、ブロッコリーの山が築かれていた。これらは、廃棄《はいき》予定だったものである。

農業従事者が種を植え間違え、育ててしまったブロッコリーだ。通常、ブロッコリーの旬《しゅん》は秋から冬なので、春から夏にかけては上手く育たない。

一応、蕾《つぼみ》を付けたものの筋張っており、とても国王に献上《けんじょう》できるものではなかった。

そんなブロッコリーを、おいしく食べるためにリュシアンが引き取ったのだ。

「ブロッコリーは、むくみ解消や、肌質《はだしつ》をよくする成分が入っております。それだけでなく、免疫力《めんえきりょく》を向上させ、さらに食物繊維《せんい》が豊富なので整腸効果もあるのだとか。ポタージュにすると、お子様も食べやすくなるので、良いこと尽《ず》くめですよね。美容と家族の健康のためになる、ブロッコリーのポタージュの作り方を、お教えします」

皆、集中した様子で、リュシアンの話に聞き入っている。

「採れたてのブロッコリーには、このように、白い粉が付着している場合があります。これを農薬と勘違《かんちが》いし、よく洗って落とそうとする方がいらっしゃるのですが、それは間違いなのです」

では、ブロッコリーに付着している白いものはなんなのか。そんな声が上がった。

「この白い物質は、ブルームといいまして、ブロッコリーから生じる天然物質なのです。水を弾《はじ》いてしまうので、有害物質だと思われてしまうのですが、無害なんですよ。ブロッコリーが新鮮だという、証《あかし》にもなります」

リュシアンの話に、「おお……！」という声が上がった。喋りすぎてしまったのかと、ちょっとだけ恥ずかしくなる。

「えっと、では、ブロッコリーのポタージュ作りますね」

まず、ブロッコリーの茎《くき》部分の皮を剥《む》き、細かくカットする。今回は筋張っているブロッコリーということで、皮は厚めに削《そ》いでおく。

「このブロッコリーを、ローリエを加えた状態でくたくたになるまで茹《ゆ》でます」

各々《おのおの》調理台につき、リュシアンに教わりながらブロッコリーのポタージュを作る。

五人ずつの班を作り、大鍋《おおなべ》でポタージュを作って、家庭から持ってきた鍋に入れて持ち帰るのだ。

ブロッコリーが煮《に》えるのを待つ間は、休憩時間となる。茶を囲み、野菜についての悩《なや》みが話題に上がった。

「うちの子、とにかく野菜を食べたがらないの。細かく切っても、すっても、なんかいつもと違《ちが》うって気付いてしまうみたいで」

「料理の中にある野菜に、敏感《びんかん》になってしまうんですよね」

リュシアンも、村で子ども達《たち》に野菜作りをしていたので、よくわかる。

「こういうとき、どうすればいいのですか？」

「無理に食べさせる必要はありませんわ。強要すると、余計に野菜が嫌《きら》いになってしまうので」

しかし、野菜を食べないと栄養が偏《かたよ》る。そういう場合はどうすればいいのか。そんな質問に対し、リュシアンは答えた。

「わたくしの村にいた野菜嫌いの子は、野菜を畑で作ることによって、食べられるようになりましたの」

種から野菜を植えて育てることにより、野菜に対し責任感と愛着や親近感が湧《わ》く。

「野菜を育てることって、大変なんです。その気持ちを味わっていただけたら、嫌ったり、残したりということも、しなくなるのかなと。もちろん、すべての子どもがそうであるわけではないのですが」

「野菜を育てる……ですか。なるほど、思いつきもしませんでした」

「ご家庭でも野菜を育てることは可能ですので、今度作り方をまとめて、種と土、鉢《はち》を用意しておきますね」

リュシアンがそう言うと、自分もほしいと次々手が挙がった。どうやら、どこの家庭でも子どもが野菜を食べないと、困っているようだった。

「野菜への興味は、野菜を育てなくても可能で、たとえばおつかいを頼んで買ってきてもらったり、一緒に野菜を切って料理したりと、いろいろです」

故郷にいるリュシアンとかつて野菜作りをしてきた子ども達を思い出す。彼《かれ》らは元気だろうか。フォートリエ領で子ども達相手に野菜作りの指導をしていた日々を、懐《なつ》かしく思ってしまう。まだ、一年と経《た》っていないのに不思議だ。

「今度、子ども達に向けた、農作業体験なんか、あったりしてもいいのかもしれないですね」

リュシアンの独り言のようなアイデアにも、多くの賛同があった。

と、そんな会話をしているうちに、ブロッコリーに火が通る。

水分はほとんどなくなり、形が崩《くず》れたブロッコリーが残った。

「くたくたになるまで煮込んだら、ローリエを取り除きます。次に、可能な限り麺棒《めんぼう》の先端《せんたん》でブロッコリーを潰《つぶ》していき、なるべくなめらかになるように仕上げるのです。火傷《やけど》をしないように、気を付けてくださいね」

通常、ここで漉《こ》すのだが、ブロッコリーのすべてを栄養として取り込むために、そのままの状態で調理を続ける。

「この状態になったら、牛乳とバターを加え、塩、コショウで味付けしつつ、じっくり煮込みます」

具が混ざり合い、トロトロになったら、ブロッコリーのポタージュの完成だ。

リュシアンが完成させたポタージュを、皆で試食する。

「舌触《したざわ》りは普段のポタージュよりも劣《おと》るかもしれませんが、その分栄養はたっぷりです。クラッカーの上に載《の》せても、おいしいですよ」

リュシアンは昨日の夜に焼いたクラッカーを、皆に配った。

「ブロッコリーのポタージュが、クラッカーによく絡《から》んで、とってもおいしいわ」

「クラッカーの塩けと合わさると、主人のお酒のおつまみにもなりそうね」

「クラッカーを細かく割って、クルトンのようにして食べるのもおいしいわ！」

評判は上々のようである。リュシアンは皆がおいしそうにポタージュを食べる様子を、笑顔《えがお》で見守っていた。

昼過ぎに、コンスタンタンがリュシアンを訪ねて喫茶店の事務室までやってくる。

「アン嬢、今、話をしても大丈夫《だいじょうぶ》だろうか？」

「ええ、もちろんですわ」

ペンを置き、日当たりがよすぎる窓のレースカーテンを閉めて陽光をやわらかくする。

部屋の中心にある円卓《えんたく》の周囲に置かれた椅子《いす》を、コンスタンタンに勧めた。

客人用にと置いておいた葡萄果汁《ぶどうかじゅう》の瓶《びん》を棚から出し、栓《せん》を抜いてグラスにたっぷり注ぐ。先ほどの料理教室で余ったクラッカーに木イチゴのジャムを載せ、テーブルに置いた。

「どうぞ、召《め》し上《あ》がれ」

「ありがとう」

コンスタンタンは、実においしそうにサクサクとクラッカーを平らげる。

「コンスタンタン様、ブロッコリーのポタージュがございますが、召し上がりますか？」

「――っ！　すまない。がっついているように、見えたか？」

「いいえ、おいしそうに召し上がっていらしたので、他にも食べていただきたいと思っただけです」

「そうか。ぜひ、いただこう。と、言いたいところだが、先に本題を」

「ええ」

先ほど、クレールより手紙が届いたらしい。内容は、王太子との面会をする時間を作ったというものであった。

「日時は、明後日《あさって》、夕方からだ」

「わかりました。ソレーユさんに、お話ししてみます。しかし、もしも会わないと言ったら……」

「大丈夫だ。そういう状況《じょうきょう》も想定していると書かれていた。ソレーユ嬢が望むのならば、会いたいと。だから、無理して説得しなくてもいい」

「わかりました」

王太子とソレーユの関係は、どのような着地を見せるのか。リュシアンは想像できない。だが、二人の将来のため可能な限りいいほうへと向かってほしい。そう、リュシアンは願っていた。


その日の晩、リュシアンはソレーユを夜の茶会へ誘《さそ》う。今日は、一年の中でもっとも星が美しい晩だというので、露台《バルコニー》に敷物《しきもの》を広げ、茶と菓子《かし》を楽しみつつ星空を見るのだ。

初夏といえども、少し冷える。そのため、ドレスの上に薄《うす》い外套《がいとう》を着込んだ。

露台はリュシアン、ソレーユ、ロザリーが並ぶと窮屈《きゅうくつ》なので、ケーキスタンド《スリーティアーズ》を用意した。

この前、街中で見かけた、鳥かごを模した可愛《かわい》らしいものである。

一段目はキュウリサンドと卵サンド。二段目は、焼きたてのスコーン。三段目はカットフルーツの盛り合わせに、モモのタルト。

紅茶は砂糖とミルクをたっぷり入れた、ミルクティーにした。

準備が整ったタイミングで、ソレーユがやってくる。

「リュシアンさん、お待たせ」

「ソレーユさん、いらっしゃいませ！」

敷物を広げ、中心にケーキスタンドを設置し、クッションを並べた茶会会場へ誘う。

「こちらになります」

「まあ、すてき！　最高に可愛らしいお茶会だわ」

ソレーユは、茶会に参加する友達を用意したという。

「リュシアンさんは、ウサギのぬいぐるみ。ロザリーは、ネズミ。わたくしは、キツネ」

小さなぬいぐるみをクッションの隣《となり》に置く。瞬《また》く間《ま》に、茶会はメルヘンチックになった。

露台にランタンをいくつか置いて、部屋の灯《あか》りを消す。すると、川のように流れる星々の美しさが、より際《きわ》だったような気がした。

「なんて、きれいなの」

「本当に」

早速《さっそく》クッションに座《すわ》り込み、茶会を始める。

「ソレーユさん、何に乾杯《かんぱい》いたしましょう？」

「そうね……。うーん、難しいわね。ねえロザリー、何か、いい案はあるかしら？」

「えーっと、では、キラキラ輝《かがや》くお星様に、乾杯！」

ソーサーごと持ち上げたカップを、少しだけ掲げる。これが、お茶会の乾杯だ。

淹《い》れたてアツアツのミルクティーは、冷えた体を温めてくれる。リュシアンは、幸せな吐息《といき》をはいた。

「アンお嬢様《じょうさま》、これって、下から食べるのがルールでしたっけ？」

「気にしなくても大丈夫ですよ、ロザリー。好きなものを、好きなだけ食べてくださいな」

「わー！　ありがとうございます」

菓子を摘《つ》まみ、紅茶を飲み、星空を見上げる。

「なんてロマンチックで、贅沢《ぜいたく》な時間なのかしら」

ソレーユの呟《つぶや》きに、リュシアンは深々と頷《うなず》く。

「リュシアンさん、こんなすてきな晩を、アランブール卿《きょう》ではなく、私と過ごしてよかったの？」

「わたくしは、毎年母や姉達と星を見上げるお茶会をしていたので、誘うのならば、ソレーユさんやロザリーしかいないと思っていました」

「そうだったのね。だったら、よかったわ」

この茶会は、一ヵ月も前から計画されていたものである。近づくにつれて、楽しみにしていたのだ。

「私、ここに来て、よかったわ」

ソレーユがぽつりと零す。

「時間が過ぎるのが早いと思うほど働いて、たくさんの人と接し合い、勉強して、ぐっすり眠《ねむ》る。以前までの私は、私ではなかったのではと思うくらいよ」

たしかに、ソレーユは出会ったとき以上に活《い》き活きしていた。ただ、リュシアンはこれまでのソレーユも、否定したくはなかった。

「昔のソレーユさんがあるからこそ、今のソレーユさんがあるのでしょう。すべては、日々の頑張《がんば》りの結果です。どの瞬間《しゅんかん》も、胸を張って、自慢《じまん》していいとわたくしは思います」

リュシアンの言葉を聞いたソレーユは、一筋の涙を零す。

「や、やだ！　私ったら、また泣いているの？」

ポロリ、ポロリと涙が零れていく。リュシアンは絹のハンカチを、ソレーユの頬《ほお》に当てた。

「リュシアンさんは、私を泣かせる天才だわ」

「そ、そうなのですね。意外な才能が、あったものです」

真面目《まじめ》に返すと、ソレーユはふっと噴《ふ》き出す。

「やめて、笑わせないで」

泣いているのに、笑ってしまう。ソレーユはそんな表情だった。

笑いはロザリーや張本人であるリュシアンにも伝染《でんせん》する。さんざん笑った挙げ句、お腹《なか》が痛いと言い合った。

「こんな楽しい夜は、ないわね」

「わたくしも、そう思います」

シンと静まり返った。

話をするならば、今だろう。リュシアンはありったけの勇気を振《ふ》り絞《しぼ》り、話し始める。

「ソレーユさん、実は、お話がありまして」

「なんなの？」

「王太子殿下《でんか》についてです」

ソレーユから表情の一切《いっさい》が消えてしまった。今まで楽しそうにしていたのに、現実に引《ひ》き戻してしまう。リュシアンの胸は、ツキンと痛んだ。けれど、ここで止《や》めるわけにはいかない。

「余計なお世話だと思っていたのですが、きちんとお話をしたほうがいいと思って、コンスタンタン様を通じて、クレールさんに相談させていただきました」

明後日の夕方、王太子と面会する時間を作ったことを伝える。

「もちろん、ソレーユさんに、選択権《せんたくけん》がございまして、絶対に会わなければならない、というものではありません」

リュシアンは深々と頭を下げる。

「勝手に、お話を進めてしまい、申し訳ありませんでした」

「どうして、面会させようだなんて、思ったの？」

ソレーユは冷ややかな声で問いかける。リュシアンは背筋をピンと伸ばし、まっすぐソレーユを見ながら伝えた。

「それは――王太子殿下と、ソレーユさんの間にある時間が、止まっているような気がいたしまして。きちんと会って、話さないと、お二人はいつまで経っても、前に進めないと思ったのです」

「リュシアンさん……」

ソレーユはリュシアンの手をぎゅっと握《にぎ》る。そして、頭を上げるよう懇願《こんがん》された。

「リュシアンさんの言う通りね。私と王太子殿下の時間は、止まっている。そうね、そろそろ、動かしてもいい時機よね」

握られた手は、冷たい。リュシアンはもう片方の手を添えて、温めてあげる。

「ありがとう、リュシアンさん。私、王太子殿下と、会うわ」

「ソレーユさん。ありがとうございます」

「お礼を言うのは、こちらよ。王太子殿下とのことは、ずっと、心に残っていたから」

零れたため息はとても深く、物憂《ものう》げだった。

「私は、自分でも驚《おどろ》いてしまうくらい、王太子殿下を……愛していたのね」

切なげに、呟く。

その気持ちをどこへ持って行くかは、ソレーユ次第《しだい》である。

「隣国《りんごく》の介入《かいにゅう》がなく、王太子殿下と結婚していたらなんて、考えることは、一度や二度ではなかったわ」

「お辛《つら》かったのですね」

「ええ。今だから、こうして口にできたけれど。ギュスターヴ殿下との結婚も、受け入れようとしつつも、心がついていかなかった。貴族女性失格だと、思ってしまったわ」

リュシアンにも、その思いには覚えがある。ロイクールに攫《さら》われて、無理矢理《むりやり》結婚させられそうになったときだ。

そのときはコンスタンタンが助けてくれたが、ソレーユを救出しにやってくる者はいない。

自分の勇気と力で状況を打開し、今、ここにいる。

本当に強い女性だと、リュシアンは思った。

「もがき、苦しんだからこそ、今の私があると思うようにしておくわ」

もう、王太子を前にしても、臆《おく》さないだろう。逃《に》げ出《だ》すことも、しない。

「でも、ちょっぴり怖《こわ》いから、リュシアンさんも見守ってくれると嬉《うれ》しいわ」

「もちろんです」

ソレーユは王太子との面会を決意してくれた。

勇気ある選択《せんたく》を、リュシアンは心の中で称《たた》えた。

◇◇◇

二日後――ソレーユは朝から実家に帰る。やっと、父親に会って話をする決心がついたらしい。リュシアンは応援《おうえん》するばかりだ。

面会にはコンスタンタンと同行する。王太子の宮廷《きゅうてい》で、待ち合わせる予定だった。

リュシアンは休憩時間中のコンスタンタンのもとに行って、茶と菓子の差し入れをする。

「アン嬢、大丈夫か？」

「え？　わ、わたくし、何かしましたか？」

「いや、紅茶に角砂糖を四つも入れたものだから」

「まあ！　わたくしったら、ぼんやりしていて。恥ずかしいですわ」

リュシアンの頭の中は、ソレーユと王太子の面会のことでいっぱいだった。

「ソレーユ嬢のことが、気がかりなのだろう?」

「ええ……」

「大丈夫だ。心配は、いらない」

「はい」

面会を見守る立場として、どっしり構えていなければならない。それなのに、落ち着かない気持ちを持て余しているのだ。

「私達がジタバタしても、しようがないからな」

「まったく、その通りです」

「ソレーユ嬢がどの道を選んだとしても、友人として、仕事仲間として、支える必要があるだろう」

コンスタンタンの言う通りである。リュシアンはただただ、ソレーユの選択を支持し、力を貸すまでだ。

そう考えると、気持ちがだんだんと落ち着いてくる。

面会まで、残り数時間となった。リュシアンは身支度《みじたく》をするため、一度アランブール伯爵家《はくしゃくけ》に戻ることとなった。


あっという間に時間は過ぎ去り、ソレーユと宮廷で落ち合う時間となる。

リュシアンは久しぶりのフルドレス姿で、宮廷を目指していた。

豪奢《ごうしゃ》な宮廷の玄関《エントランス》に、美しい貴婦人の姿があった。品のあるパウダーブルーのドレスに、パールグレイの髪《かみ》を美しく結《ゆ》い上げた女性――ソレーユである。

「ソレーユさん」

「あら、リュシアンさん。アランブール卿も。時間ぴったりね」

「はい」

完璧《かんぺき》に着飾《きかざ》ったソレーユを見るのは、初めてであった。圧倒的《あっとうてき》な美しさに加えて、どこか神聖な、選ばれた特別な者という威厳《いげん》を感じる。

彼女《かのじょ》が王太子の隣に立っていないことを、内心惜《お》しく思ったくらいだ。

「早く行きましょう。王太子殿下が、お待ちだわ」

「はい」

ソレーユは迷いのない足取りで、宮廷の廊下《ろうか》を進んでいく。が、途中《とちゅう》で立ち止まり、振り返《かえ》った。

「ごめんなさい。どこが、王太子殿下の執務室《しつむしつ》なのかしら?」

気さくに微笑《ほほえ》むソレーユは、いつもの彼女であった。リュシアンは内心ホッとする。実家に帰っただけなのに、まるで知らない人になってしまったように思っていたようだ。

「アランブール卿、案内していただける?」

「自信ありげに進んでいるものだから、知っているのかと思っていた」

「ここに来るのは、初めてなの。王太子殿下とは文を交わすばかりで、ほとんど会っていなかったのよ」

ソレーユは王太子に正式な婚約者《こんやくしゃ》が決まらなかったときの、予備的な立場だったという。そのため、夜会で行動を共にする機会なども、一度もなかった。

「だから、クレールはソレーユ嬢《じょう》を知らなかったのだな」

「ええ、そうよ。アランブール卿、あなたも、私を知らなかったでしょう？」

コンスタンタンの案内で、王太子の執務室を目指した。

ソレーユは拳《こぶし》を強く握り、歩いている。わずかに、震えているようにも見えた。王太子との久しぶりの面会を前に、緊張《きんちょう》しているのだろう。そう思って、リュシアンはソレーユの手を優しく握った。

「リュシアンさん!?」

「いつもより、踵《かかと》の高い靴《くつ》を履《は》いていらっしゃるでしょう？　危ないので、手を繋《つな》ぎましょう」

「ありがとう」

やっとのことで、王太子の執務室にたどり着いた。護衛騎士《きし》の一人が、中に知らせに行ってくれる。すぐに、扉《とびら》が開かれた。

ソレーユと王太子は、実に久しぶりに顔と顔を合わせる。

「やあ、ソレーユ、久しぶりだね。元気そうで、何よりだ」

「王太子殿下も、息災《そくさい》のようで」

ソレーユ本人よりも、リュシアンのほうがドキドキしている自信があった。これから二人はどうなってしまうのか。ハラハラしてしまう。

王太子は人払《ひとばら》いをし、近くにクレールだけを置いた。茶と菓子が運ばれたあとは、他人の目耳がない空間となる。

「王太子殿下、隣国の王女とのご婚約《こんやく》、おめでとうございます」

真っ先に、ソレーユが先手を打った。王太子は苦笑《くしょう》する。

「その件なんだが、隣国から手紙が送られてきてね」

なんでも、半年後に執《と》り行《おこな》われる予定だった王太子との結婚を延期してくれないか、という申し出だったという。

届くはずだった婚礼《こんれい》衣装や嫁入《よめい》り道具も、いっこうに届かなかった。そのため、大急ぎで国内で調達する事態になったのだという。

「国家間で一度取《と》り交わした約束が反故《ほご》にされるなど、前代未聞《ぜんだいみもん》だ。返事を出す前に、密偵《みってい》を放ったのだが、とんでもないことが明らかとなった」

それは、隣国の王女の妊娠《にんしん》だったという。

「なっ！」

ソレーユは限界まで目を見開き、絶句する。リュシアンも、言葉を失ってしまった。

「父親が誰《だれ》かというのは、王女が口を割らなかったらしい。けれど、結婚を約束した王女の妊娠を、隣国は隠そうとした。許すべきことではない。詳細《しょうさい》を知らせるよう急《せ》かしたら、向こうから婚約を破棄《はき》してくれという申し入れがあった」

国王は怒《いか》り、賠償《ばいしょう》も視野に入れているという。証拠は集めているので、あとは隣国に提出するだけだと。

「隣国の王女との結婚は破談となった。そのため、ソレーユ、君との結婚話《けっこんばなし》が浮上《ふじょう》するだろう。それについて、どう思う？」

王太子の問いかけに対し、ソレーユは即答《そくとう》だった。

「それは、困ります」

コンスタンタンとリュシアンがソレーユの回答に驚く中で、王太子はすかさず追及《ついきゅう》する。

「それは、どうして？」

「私には、やりたいことがあります」

「私との結婚よりも、大事なことなのかな？」

「ええ。それは、王の菜園で働いて、人と人の心を、繋ぐことです」

ソレーユは王太子に強い眼差《まなざ》しを向け、はっきりと伝えた。

「今、王族や貴族、国民の心は、バラバラなんです。互《たが》いに理解しようとせず、時に敵対しようとしている」

増税のせいで、職を失ってしまった。それにより、生活が貧しくなる。困った子どもが、貴族の財布《さいふ》を盗《ぬす》むなんて話は日常茶飯事《にちじょうさはんじ》だ。

「そんな世の中を、変えたいと私は思っています」

王太子はソレーユの訴《うった》えを聞き、パチパチと瞳《ひとみ》を瞬《まばた》かせている。想定外の話を聞かされたからだろう。

「これらは、私にしかできないことでしょう。王妃《おうひ》として、公務の傍《かたわ》らにできるものではありません」

その後、王太子とソレーユは、しばし見つめ合う。

視線には、さまざまな感情が溶《と》け込んでいるように見えた。

「それに、王族との婚約なんて、まっぴらごめんです」

辛辣《しんらつ》すぎる一言に、王太子は熱い視線を向ける。それは、愛《いと》しい者だけに向ける特別なものだろう。

そんな王太子は、強がりにも聞こえる言葉を返した。

「ソレーユ、君は、そうでなくては」

王太子の言葉にソレーユは深々と頷き、立ち上がる。そして、会釈《えしゃく》した。ここまで完璧な貴婦人が、社交界から去るのはあまりにも惜しい。けれど、彼女は今、前を向いて歩き出した。止める権利などないだろう。

最後にソレーユは振り返り、王太子をまっすぐ見ながら言った。

「王太子殿下、どうか、お幸せに」

王太子も、言葉を返す。

「ソレーユ、君も、幸せになってくれ」

ソレーユは何もかもふっきれたような、美しく清々《すがすが》しい笑《え》みを浮《う》かべた。王太子は、眩《まぶ》しいものを見るかのように、目を細める。

「それでは、ごきげんよう」

優雅《ゆうが》に会釈して、ドレスの裾《すそ》を翻《ひるがえ》しながら執務室から出て行く。

リュシアンは去りゆくソレーユを追いかけようとしたが、王太子に引き留められてしまった。

「申し訳ないが、今は彼女を一人にしてやってくれ」

「は、はい」

気まずい空気が流れる。リュシアンは目を伏《ふ》せ、耐《た》えるばかりであった。

「コンスタンタン、リュシアン嬢、私とソレーユの問題に、巻き込んでしまって申し訳なかったね」

「いいえ。どうか、お気になさらず」

コンスタンタンの言葉に、リュシアンも深々と頷く。

「実は、結婚が決まっていた王女の妹との、結婚話が浮上していてね。今、十四歳《さい》なんだが、二年待って、十六になったら嫁《とつ》がせると。しかし、ソレーユが王妃になることを望むのならば、私は彼女を娶《めと》るつもりだった」

隣国の提案は、公表していない王女の妊娠について指摘《してき》すれば、たやすく却下《きゃっか》できる。

「けれど、ものの見事に振られてしまった。どうやらソレーユは、私との結婚より、大事なものを王の菜園で見つけてしまったらしい」

冷水を頭からかけられたような気分だと、王太子は語る。それほど、ソレーユの言葉ははっきりしていて、冷ややかでもあった。

「しかし、おかげで目が覚めたよ。私は、隣国の王女と結婚する利益を、恋という一時的な情によって忘れていた」

長年険悪だった隣国と友好関係を築いたら、国民の暮らしはよりいっそう豊かになる。だから、ソレーユを王妃とせず、二年待って成人を迎《むか》えた隣国の王女と結婚するほうが正しいのだ。

「ソレーユと初めて出会ったときに、強い瞳で、私を見つめていたんだ。そのときにはもう、すでに心を奪《うば》われていたのだろう。正義感があり、真面目で、高潔な彼女が、妻として同じ方向を見てくれるなど、夢のようだとも思った」

けれど、ソレーユは正式な婚約者ではなかったのだ。

「父から隣国の王女との婚姻《こんいん》を聞いたときに、我《わ》が耳を疑った」

隣国の王女は、とある大国の王太子と結婚が決まっていたのだ。それが突然《とつぜん》破談となり、自分の身に降りかかってきたわけである。

「王女は以前から、いろいろと奔放《ほんぽう》だったのだろう。大国では王妃に相応《ふさわ》しくないと判断され、我が国《くに》へと話が流れてきた」

大国の判断は、正しかったのだ。隣国の王女は輿入《こしい》れ前に秘密の相手の子を、妊娠してしまった。

「話を聞いた瞬間、愚《おろ》かにもソレーユと結婚できると、喜んでしまったのだ」

けれど、ソレーユは王太子の手を取らなかった。

「一度、ソレーユとの婚約が破談となった時点で、王妃となる彼女の決意は失われてしまったのだろう。それに気付かずに、私はソレーユを望んでしまった」

王太子という立場は、非常に弱く脆《もろ》いものである。国王の意見を聞く以外選択はなく、後《うし》ろ盾《だて》も本心を理解し、支えてくれるわけではない。

「ドロドロとした社交界で、ソレーユは穢《けが》れず、凛《りん》としていて、美しかった。今もなお、輝きは失われてはいない。どこにいても、彼女は彼女なのだろう。私とソレーユの人生は、交わらなかったが、これでよかったのだと今は思っているよ」

最後に、王太子はコンスタンタンとリュシアンに言葉をかける。

「君達は、互いを想い、幸せになってくれ。それを、心の清涼剤《せいりょうざい》としたい。私個人は、国を愛し、国民を子どものように思えるような、国王になるから」

コンスタンタンとリュシアンは、深々と臣下の礼を取る。

王太子が即位《そくい》した暁《あかつき》には、輝かしい未来が待っているだろう。

リュシアンはそう、確信していた。


王太子の執務室を辞し、家路に就《つ》く。

ソレーユは宮廷の玄関で待っていた。リュシアンは駆《か》け寄《よ》り、ソレーユを抱《だ》きしめる。すると、耳元で「ありがとう」と囁《ささや》かれた。

一人取り残されたコンスタンタンは、気まずげな様子で言葉をかける。

「ソレーユ嬢、実家に戻《もど》ったのではなかったのか？」

「戻らないわよ。私の居場所は、王の菜園なんだから！」

そう言い切ったソレーユには、迷いなどなかった。彼女はこの先、前を向いて生きていくだろう。そんな強さが、瞳に宿っていた。

ソレーユの未来に幸《さち》あれと、リュシアンは願う。

このようにして、ソレーユと王太子の恋は幕を閉じたのだった。

隣国の王女との婚姻が破談となり、宮廷はドタバタと混乱状態となっていた。王女を歓迎《かんげい》する横断幕は撤去《てっきょ》され、肖像画《しょうぞうが》を使って作った記念品《スーベニア》は発売を取《と》り止《や》め、品薄《しなうす》状態だった店には品物が戻ってくる。

商店から布や宝飾品《ほうしょくひん》を買《か》い占《し》めた宮廷の品物調達を、王太子がきっちり処分してくれた。それだけではなく、特定の人物が流通している商品を独占的《どくせんてき》に入手するのを禁じる法律もできた。おかげで、街の市場は平和を取り戻す。

ソレーユが抱《かか》える問題を解決し、リュシアンと「よかった」と言い合っていたのはつい先日の話である。

今度は、コンスタンタンが請求《せいきゅう》見積書を見ながら頭を抱える番であった。

結婚式《けっこんしき》とは、こんなにも金がかかるものなのか、と。

父の結婚式同様、ドラン商会に見積もりを頼《たの》んだ。何度読み返しても、不必要な出費などない。それなのにどうしてここまで費用がかかるのだと考えてしまうのは、コンスタンタンが日《ひ》頃《ごろ》から倹約《けんやく》、堅実《けんじつ》、そして慎《つつ》ましい暮らしを美徳とする、贅沢とは無縁《むえん》の暮らしをしているからだろう。

念のため、もう一度見積もりを読み返してみる。

アランブール伯爵家に呼ぶ神父の出張費に、参列者に振る舞《ま》うシャンパン、ワイン、ブランデーなどの酒類、披露宴《ひろうえん》でふるまう料理や、料理を作る人件費、参列者へ渡《わた》す贈《おく》り物《もの》、余興のための人件費、花代、菓子代、ドラン商会へ支払《しはら》う仲介料《ちゆうかいりよう》などなど。

何度も目を通したが、除外していいものなど何一つなかった。コンスタンタンはこの世の深淵《しんえん》まで届くのではないのかと思うほどの、深いため息をついていた。

一応、リュシアンの実家であるフォートリエ子爵家《ししやくけ》より持参金及《およ》び、持参品を受け取った。それにはまったく手を付けていない。これらは、リュシアンが必要だと思ったときに使うべきものだ。

騎士という身分である以上、いつ、命を失うかわからない。独り残されたリュシアンが苦労しないよう、取っておくべきだと考えていた。

コンスタンタン自身、騎士として得た給金は派手に使わずにいる。そのため、まるまる結婚資金へ使える。ただ、コンスタンタンの給金をつぎ込んで尚《なお》、資金不足に陥《おちい》っているのだ。

アランブール伯爵家自体は、歴史はそこそこあるものの裕福《ゆうふく》な一族ではない。グレゴワールもコンスタンタンの結婚資金を用意していたものの、小鳥の涙《なみだ》ほどの金額だった。

昔は、その金額でも見栄《みば》えのする結婚式を挙げられただろう。しかし今は、王太子の政策で貴族が買い求める多くの品に多額の税がかかっている。そのため、コンスタンタンはこんなにも苦しんでいるのだ。

結婚式は一生に一度。よき思い出になる。みすぼらしい結婚式を挙げて、リュシアンに恥《はじ》をかかせるわけにもいかなかった。

休みの日にでも、どこかへ稼《かせ》ぎに行こうか。そんなことすら、考える。

頭を抱え込んでいるところに、扉がノックされた。

「コンスタンタン様、リュシアンです」

リュシアンの声を聞いた瞬間、机に広げていたドラン商会の見積もりを大慌《おおあわ》てで集め、抽斗《ひきだし》の中へと詰《つ》め込んだ。

「コンスタンタン様、いらっしゃいますか？」

「いる!!」

元気よく返事をし、部屋の扉を開いた。廊下には、ホッとした表情のリュシアンがいる。

手には茶器と菓子が載った銀盆《ぎんぼん》を持っていた。

「お茶を、ご一緒《いっしょ》できたらと思っておりまして。その、お邪魔《じゃま》でなければ、ですが」

「ありがとう。ちょうど、ひと息つこうと思っていたのだ。盆は私が持とう」

テーブルに茶器を並べると、リュシアンが紅茶を注ぎ、角砂糖を落としてくれる。

リュシアンが淹れた茶を飲むと、心がホッとした。

「おいしい」

「よかったですわ」

リュシアンは今、多忙《たぼう》の中にいる。先日開いた、子どもの農作業体験が好評で、申し込みが殺到《さっとう》しているらしい。他にも料理教室や、農業従事者に向けた農業講座、料理店への野菜料理のアドバイスなど、多くの人から求められている。

本来ならば卒倒《そっとう》してしまいそうな仕事の数々であるが、リュシアンのスケジュールをソレーユが完璧に管理しているのだ。仕事をリュシアン一人ではなく、さまざまな人に任せているらしい。おかげで、リュシアンは疲《つか》れた様子を見せていない。

「野菜サロンの活動は、順調なようだな」

「はい。わたくし以外にも、熟練者がいるので、手を借りて活動している状態なのですが」

実家が農家で野菜の収穫《しゅうかく》は誰よりも早い、食堂に二十年勤めていて料理の腕《うで》は確か、商人の娘《むすめ》で計算はお手の物。そんな猛者《もさ》が、野菜サロンには数十名所属している。リュシアンの代わりに指導したり、場を盛り立ててくれたりと、各個人の能力を生かした仕事が振られているようだ。

それらは、ロザリーが一人一人に話を聞き、情報収集している。

「モニクさんも、さまざまな立場の女性と交流し、視野が広まったとお話ししておりまして。この活動が、多くの女性の活躍《かつやく》の場を作れたことを、嬉しく思います」

野菜サロンは、ソレーユの提案から始まったものらしい。まさか、ここまで大きくなるとは、許可を出した当初は想像もしていなかった。

「何か、困ったことがあったら、なんでも言ってくれ」

「コンスタンタン様、ありがとうございます」

リュシアンに微笑みかけながら、心の中で「経済的な支援《しえん》はできないが」と思ってしまう切なさを噛《か》みしめる。

紅茶を飲み、ざわめく心を落ち着かせるよう努めた。

「そういえばお父様が、コンスタンタン様宛《あて》にお手紙を送ってきたのですが」

ポケットから差し出された手紙を見た瞬間、コンスタンタンは口に含《ふく》んでいた紅茶を噴き出しそうになる。

なんとか飲み込んでから、手紙を受け取った。

フォートリエ子爵がコンスタンタン宛に手紙を寄越《よこ》してくることなど、めったにない。何か、急ぎの用事なのだろうか。

ペーパーカッターで封《ふう》を切り、便せんを取り出して読む。

そこには、コンスタンタンとリュシアンの結婚式を楽しみにしているという内容と、披露宴を開くための金が必要ならば、支援するという内容が書き綴《か つづ》られていた。

飲んでいた紅茶を気管《き かん》に引っかけ、ゲホゲホと咳《せ》き込んでしまう。リュシアンはコンスタンタンの背中を、優《やさ》しく撫《な》でてくれた。

「コンスタンタン様、お父様は、なんと？」

「け、結婚式を、非常に楽しみにしている、という内容だ」

「まあ！　お父様ったら。よほど、心待ちにしておりますのね」

「そうだろう。愛娘《まなむすめ》の、晴れ舞台《ぶ たい》なのだから」

リュシアンは頬を染め、うっとりと目を細める。

非常に愛らしい姿であるが、フォートリエ子爵の手紙が視界に入る。現実を見ろ、と訴えられているような気持ちになってしまった。

「では、わたくし、お仕事に戻りますわね」

「ああ。アン嬢、いつも言っているが、無理をしないように」

「大丈夫ですわ。わたくしには、頼もしい野菜サロンの仲間がいますので」

「そうだな」

手を振って、リュシアンを見送る。

誰もいなくなった部屋で、コンスタンタンはフォートリエ子爵から届いた手紙を穴が空くほど見つめていた。

手紙には「貴族税が始まって、披露宴を執り行うのであれば大金が必要だろう」と書かれている。その通りであると、コンスタンタンは手紙の前でコクコクと頷いていた。

だが、リュシアンの実家を頼《たよ》ってまで披露宴を盛大にするのはどうなのか。そんな疑問も浮かんでくる。

一人で考えても、答えは出ない。グレゴワールに相談することにした。

「――というわけで、披露宴の費用が、足りない状況です」

金額を聞いて、グレゴワールは唸《うな》る。

「そういう状況だったか」

グレゴワールは眉尻《まゆじり》を極限《きょくげん》まで下げながら、「困ったなあ」とぼやく。

「ドニ殿《どの》に、まけてくれとお願いするか」

「いや、もう既《すで》に、この見積もりの状態で、かなり安くしてもらっています。これ以上、ドラン商会から売り上げを少なくさせるわけにはいきません」

「そうかあ」

グレゴワールはのっそりと立ち上がり、棚《たな》をごそごそ探《さぐ》っている。取り出した酒瓶《さかびん》をテーブルに置くと、ドン！　という重たい音が鳴った。

酒瓶の中に入っているのは、酒ではなく硬貨《こうか》だった。

「これを、披露宴の費用に充《あ》ててくれ」

「父上、この金はなんなのですか？」

「孫貯金だ」

「孫、貯金？」

初めて聞いたために、コンスタンタンは眉《まゆ》を顰《ひそ》めて復唱してしまう。

「孫貯金というのは、可愛い孫に何か買ってあげたり、小遣《こづか》いをあげたりと、老後の楽しみに使おうと思っていた貯金だ」

「そ、そうだったのですね」

グレゴワールは四十歳のときに、医者から酒や煙草《たばこ》をなるべく控《ひか》えるように言われていたらしい。

「酒と煙草を我慢《がまん》するたびに、この酒瓶へ金を入れていたのだ」

「なるほど。しかし、大事な貯金を、使ってもいいのですか？」

「まだ見ぬ孫よりも、息子《むすこ》や義娘《むすめ》のほうが可愛い。だから、存分に使ってくれ」

可愛いの範囲《はんい》に、自分まで入っていたのでコンスタンタンは照れてしまう。居住まいを正し、感謝の気持ちを伝えた。

「父上、ありがとうございます」

酒瓶を抱えて部屋に戻り、数えてみる。二百枚ほどの硬貨が入っていたようだが、そのほとんどが小銭《こぜに》だった。

本当に、貴族男性の貯蓄《ちょちく》かと疑ってしまうレベルの、ささやかな金額である。

しかし、未来に生まれてくるかもしれない孫に向けて、こうして貯金してくれていた事実は嬉しい。それを、コンスタンタンとリュシアンの披露宴に使うよう譲《ゆず》ってくれたことも。

ありがたく、受け取ることとした。

◇◇◇

本日のコンスタンタンは夜勤である。身支度を終え、ランタンを手にした状態で外に出る。

すっかり夏を迎えた王の菜園は、夜になると虫の大合唱が鳴《な》り響《ひび》く。

リンリンリン、キリキリキリ、コロコロコロ……。

虫の鳴き声を聞きながら、部下の報告を聞く。

「アランブール隊長、――で、――だと――ですよね？」

「なんだ？」

「ですから、――で、――だと、――ですよね!?」

「いや、まったく聞こえない」

部下の声が聞こえないくらい、虫の鳴き声が大きかった。

畑から離《はな》れ、話を聞く。

「――というわけです」

「そうだったか。ご苦労だった。ゆっくり休め」

「はっ！」

「しかし、虫の鳴き声が酷《ひど》いな。去年も、こんなだったか？」

「いや、今年は特に大きく聞こえます。夜も、その辺をブンブン飛んでいますよ」

農業従事者も、虫の駆除《くじょ》に苦労しているらしい。

「夏採れ野菜の葉っぱを、モリモリ食べてしまうらしいです」

「それは困ったな」

「はい。野菜サロンの女性陣《じょせいじん》が、現在状況《じょうきょう》を調査中とのことです。何かわかったら、報告します」

「わかった。ありがとう」

日勤の部下を見送ったあと、深いため息をつく。問題は、次から次へと浮上するものだ。

ひとまず、王の菜園の騎士として、畑の平和を守ることにした。


夜勤は、朝日を浴びながら終わる。顔を洗って眠気《ねむけ》を払《はら》い、日勤の者達《たち》の前に立った。

騎士の朝礼が終わると、今度は農業従事者の朝礼に参加する。十分後と時間に余裕《よゆう》があったものの、早めに行って農業従事者と話をするのも重要な仕事だ。

踵《きびす》を返そうとしたそのとき、遠くからリュシアンが走ってきた。そのあとを、ガーとチョーが追っているのを確認《かくにん》する。

「コンスタンタン様、おはようございます！」

「おはよう」

ガーとチョーも、ガアガア鳴いて挨拶《あいさつ》していた。

「今日は早いな。どうしたんだ？」

「調査の許可を、いただこうと思いまして」

リュシアンが手渡《てわた》した紙には、害虫についての立ち入り調査について許可がほしいという旨《むね》が書かれていた。

「例年以上に、虫が多いらしいな」

「そうなんです。コンスタンタン様、見てくださいな」

リュシアンはしゃがみ込み、コンスタンタンに虫食いに遭《あ》った葉を見せてくれた。

「こんなに、食べているんです。みなさんが、大事に大事に育てた野菜ですのに。許せませんわ」

リュシアンの瞳が、ファイアオパールのようにメラメラと燃えていた。そんな様子を目《ま》の当《あ》たりにするのは、ウサギ狩《が》りをしていたとき以来である。

「そういえば、昨日、昼間に見回りをしていたと聞いたが？」

「ええ、王の菜園の周囲を、歩き回って調査させていただきました。しかし、これといった原因を特定できずに終わってしまったのです」

本日は、畑に入って本格的な調査をしたい。そのための許可を、コンスタンタンにもらいに来たようだ。

「わかった。調査を許可する。これから農業従事者の朝礼に行くので、皆《みな》に伝えておこう」

「ありがとうございます」

ここでふと、リュシアンの足下《あしもと》に寄り添《そ》うガーとチョーのいつもと異なる様子に気付いた。しゃがみ込んで、姿を見てみる。

「コンスタンタン様、どうかなさいましたか？」

「いや、ガーとチョー、少し、太ったか？」

「そうなんです。畑にいる害虫を食べてくれているようなのですが、栄養豊富なのか、こんなにもムクムクしてしまって……」

コンスタンタンはガーに触《ふ》れてみる。艶《つや》のある羽に、筋肉質な体、輝《かがや》く瞳。精肉店でもっとも高値がつくような見た目のガチョウであった。チョーも同様である。

リュシアンもしゃがみ込んで、説得するように語りかけた。

「ガー、チョー、あまり、虫ばかり食べていると、長生きできないですよ」

リュシアンの言葉を聞いたガーとチョーは、ぎょっとするような反応を取ったあと、その辺に生える雑草を突《つつ》き始める。

ガーとチョーは不思議なガチョウで、時おりリュシアンの言葉を理解しているような行動を取るのだ。

「畜産業《ちくさんぎょう》の方からカモやガチョウを借りて、害虫退治なんかも考えたのですが、それらの家禽《かきん》は野菜の葉っぱも好物ですからね」

「ガーとチョーみたいに、野菜の葉に興味を示さない家禽は、稀《まれ》なのだな」

「そうなんです……」

「アン嬢がカモやガチョウを育てたら、ガーとチョーのような使役《しえき》できる家禽が誕生するような気がしてならないが」

「そんなことありませんわ。ガーとチョーが特殊《とくしゅ》なだけで」

家禽を指導するリュシアンを想像し、コンスタンタンはほっこりしてしまう。

「――と、のんびりしている場合ではないな。朝礼に行かなければ」

「申し訳ありません。引き留めてしまって」

「いいや、朝から話せてよかった。では、また昼にでも」

「はい。いってらっしゃいませ」

もしも結婚していたのならば、ここでリュシアンの頬《ほお》にキスの一つもできただろう。

けれど、現在のコンスタンタンとリュシアンの状態は、婚約中である。

早く結婚したい。そう思ったのと同時に、フォートリエ子爵の顔が浮かんでしまった。続いて、結婚式の費用が足りない現実を思い出す。

ひとまず、手紙を返さなければならないだろう。資金提供について深く感謝し、もしもの時があれば手を貸してもらうようにする。そんな返信を考えていた。心配ありませんと返せないのが、悲しい現実ではあるが。

コンスタンタンはリュシアンの見送りを受けつつ、農業従事者の朝礼へと出かけた。

害虫についての調査を伝え、とぼとぼと家路に就く。


フォートリエ子爵への手紙を書き、しばし眠《ねむ》る。

夜勤のあとは、夜ほど眠れない。人は、明るい時間に眠れないようになっているのだろう。

数時間寝《ね》ている間に、何度も目を覚ましてしまう。

瞼《まぶた》を開いた瞬間《しゅんかん》、ちょうど昼を知らせる鐘《かね》が鳴っていた。食事をしようとのろのろと起き上がる。

身支度を終え、食堂へと歩いているところに、リュシアンとロザリーが走ってやってきた。

「あ、コンスタンタン様!!」

「アン嬢、どうかしたのか？」

「害虫が多い原因が、わかりました」

食堂で話を聞くこととなる。リュシアンは興奮した様子で、調査の成果を説明してくれた。

「まず、畑内に害虫――コオロギであるとわかっていたのですが」

鳴き声から、害虫を特定していたらしい。

「コオロギは益虫《えきちゅう》でもあるのですが……」

「そうなのか？」

「ええ。害虫となるイモムシを食べてくれるのです。それに、家の中でコオロギを発見すると、幸せになれるという伝承もございます。しかし今回は、数の暴力で野菜を食べ尽《つ》くそうとしているので、駆除《くじょ》しなければどうしようもありませんわ」

益をもたらす存在でも、仇《あだ》をなせば容赦《ようしゃ》なく殺す。さすが、リュシアンである。そんな感想を抱《いだ》きながら、コンスタンタンは話に耳を傾《かたむ》ける。

「畑を探しても、探しても、コオロギの巣がまったく見当たらなかったのです」

コオロギは土を掘《ほ》り、巣穴を作る。リュシアンはロザリーと共に王の菜園の畑を探し回ったが、どこにも巣穴は見つからなかった。

「巣穴は、他にありました」

「いったい、どこに？」

「藁《わら》の下です」

このところ、体験学習や収穫体験を開催《かいさい》しており、人の出入りが多くなった。歩きやすくなるよう、農業従事者があぜ道に藁を敷《し》いていたのだという。

「コオロギは藁を敷いた下に、巣を作っておりました。どうやら、藁の下の湿度《しつど》や土の温度をお気《き》に召《め》していたようで……」

藁の下だと、天敵に見つかりにくくなる。そのため、爆発的《ばくはつてき》に増えたのだろう。

「ひとまず、敷いていた藁をすべて回収し、巣を掘り起《お》こしてコオロギを捕獲《ほかく》いたしました」

「捕獲、したのか」

「ええ。木箱いっぱいに、捕獲しましたわ」

強い……強すぎると、コンスタンタンは思った。

「ただ、どうやってコオロギを処分すべきか、迷っていますの。生態系が崩《くず》れるので、森に放つわけにはいきませんし。駆除は、きちんと他に影響《えいきょう》がでないよう処分までが仕事ですので」

リュシアンのこういう責任感の強いところは、本当に好ましい。コオロギ退治を勇敢《ゆうかん》に語るリュシアンを、絵画として収めたいともコンスタンタンは思ってしまった。

「巣は一網打尽《いちもうだじん》にしたのですが、畑に散り散りになったコオロギは、まだ捕獲できていなくて……」

巣単位でならば捕《つか》まりやすい。けれど、散ったコオロギを捕まえるのは、なかなか骨が折れる作業である。

「さすがに、野菜サロンにコオロギに強い方はいらっしゃらなくて……」

「だろうな」

ここで、グレゴワールとドニが、食堂へとやってくる。

「盛り上がっていたようだが、楽しい話でもしていたのかい？」

「王の菜園を荒《あ》らす、コオロギについてお話ししていましたの」

グレゴワールとドニは、コオロギと聞いて表情が引きつる。二人共、あまりコオロギが得意ではないようだ。

「クモはなんとも思わないんだがなー。コオロギは、ちょっと苦手なんだ」

ドニはコクコクと頷《うなず》く。

「コオロギといえば、つい先日、爬虫類《はちゅうるい》の愛好会がうちに売ってないか聞きにきたな」

一部の紳士《しんし》の間で、爬虫類の飼育が流行《はや》っているらしい。ここ最近、市場にコオロギが流通していないようで、困っているという話をしていたようだ。

ここで、コンスタンタンはピンと閃《ひらめ》く。一応、発言する前に、リュシアンに耳打ちした。すると、彼女の瞳はキラリと輝く。そして、コクコクと頷いてくれた。

「ドニ殿、捕獲したコオロギを、ドラン商会で買い取ってもらうことは可能だろうか？」

「ん？　畑にコオロギがいるのか？」

「ひとまず、野菜の出荷《しゅっか》用の木箱一杯《いっぱい》くらい」

「ぜひとも、買い取らせていただこう！」

一緒に食事をする予定だったが、すぐさま街に戻って爬虫類愛好会の者と連絡《れんらく》を取りたいという。

リュシアンはドニを、コオロギを捕獲した木箱のもとへ誘《さそ》う。

「こちらが、コオロギが入った木箱になります。中身を、確認されますか？」

「いいや、いい！　大丈夫《だいじょうぶ》！　リュシアン嬢のことは、信頼《しんらい》しているから」

「そうでしたか」

「いやはや、まさかこんなところでコオロギを入手できるとは。なんでも、業者は森に麦糠《むぎぬか》を撒《ま》き、捕獲しているようなのだが、今年はほとんど集まらなかったらしくて」

「麦糠、ですか？」

「ああ。コオロギが好むらしい」

麦糠というのは、精白した際に出る麦の果皮、種皮、胚芽《はいが》を細かくしたものである。これを、コオロギが特に好むらしい。

「でしたら、この畑でも、麦糠を撒いたら、コオロギが集まってくるということでしょうか？」

「おそらく、そうだろうな。もしも、追加で捕獲できたら、連絡してほしい」

「ええ、わかりましたわ！」

ドニとの邂逅《かいこう》で、コオロギの好むものが発覚した。

麦糠は畑の肥料としても使われている。そのため、コオロギ捕獲作戦はすぐさま実行できるようだ。

「コンスタンタン様、わたくし、頑張《がんば》ります」

「何か手伝えることがあれば、言ってくれ」

「はい、ありがとうございます」

こうして、本日二度目のコオロギ捕獲作戦が実行させるようだ。


夜、コンスタンタンは外に出る。藁の下のコオロギは捕獲したと聞いていたが、鳴き声は昨晩とそう変わらない。

巣にいたコオロギはほんの一部で、ほとんど畑にいたのだろう。

あぜ道のいたる場所に、コオロギの捕獲器《ほかくき》が設置されているという。

入り口を大きく作り、出口は小さく設計した捕獲器の中には、たっぷりと麦糠が入っている。麦糠が食べ放題という夢のような空間だが、実際は囚《とら》われのコオロギである。これらも、リュシアンのアイデアらしい。手先が器用な農業従事者が、いくつも作ったようだ。

上手《うま》くいくよう願いながら、今日も〝王の菜園の騎士〟として、巡回《じゆんかい》任務を開始する。

各場所に配置された騎士達《きしたち》は、勤務時間中はひたすら担当区域を見回っていた。以前まではやる気もなく、だらだらと続けている者ばかりであった。だが、現在は一人一人が責任を持って動いていている。

コンスタンタンは全体を見回り、騎士達に異常がないか聞いて回るのが仕事だ。

本日も、王の菜園は平和である。ただ、コオロギがうるさく鳴いていることを除いてではあるが。

夜明け前に日報を書いていたら、空が白みを帯びていく。あっという間に、窓から朝日が差し込んできた。今日も天気がいいようだ。

休憩時間《きゆうけい》に、コンスタンタンは結婚式の金策について考える。

先日、家にあった品をドニに買い取ってもらった。グレゴワールが新婚旅行《しんこん》のときに買った少数民族の戦士像や、買っただけで満足した絵画セット、レプリカの剣《けん》に、クマの剥製《はくせい》、シカのハンティングトロフィーに、トナカイの角などなど。

どれも古物市場にはありふれたもので、高値はつかなかった。グレゴワール曰《いわ》く、戦士像は高値で引き取ってもらえると期待していたらしい。なんでも、現地で売っていた商人が大変貴重な品だと話していたと。ドニの見解では、百年前だったら間違《まち》いなく大変貴重な品で高値がついたという。現在は戦士像の製造は街で大量生産されており、本物の少数民族が作った品を模したものが流通しているという。つまり、現地の商人に騙《だま》されたと。

グレゴワールがしょんぼりしていたのは、言うまでもない。

ドニにはっきりと、「披露宴の費用が足りないのか？」と聞かれ、グレゴワールは正直に「そうだ」と答えていた。コンスタンタンは父親の、こういう素直《すなお》なところを好ましく思っている。普通《ふつう》、自尊心が邪魔して、金に困っているなど口にできないのに。

ドニはある提案をしてくれた。それは、結婚式に必要な品物を、グレゴワール名義ではなく、ドニ名義で買うと。そうすれば、貴族税がかからなくなる。

大変ありがたい申し出だったが、グレゴワールは断った。自分達が支払った税金が、貴族ではない者達の生活を支える。貴族税はそんな制度だ。苦しくても、恵《めぐ》まれた環境《かんきょう》にある貴族が、どうにかして支払うべきだとグレゴワールは主張している。コンスタンタンも、父の意見に賛成であった。

披露宴の費用も、あと少しで集まる。コンスタンタンは何か仕事がないかと、かつての同僚《どうりょう》であるクレールを頼った。すると、とある家に剣の指導に行くのはどうかと提案される。三日に一度の頻度《ひんど》で、一回につき金貨一枚の報酬《ほうしゅう》が貰《もら》えるらしい。

なんでも、クレールが通っている家だそうだが、問題があるという。

その家の奥方《おくがた》が、色目を使ってくるのだとか。迫《せま》られて困っているので、コンスタンタンに行ってくれないかと頼んだわけである。

コンスタンタンはすぐさま断ったが、クレールは奥方を拒絶《きょぜつ》し続けるのも限界だと訴えられる。仕方がないとばかりに、コンスタンタンは「一度だけ」という約束で向かった。

生徒である嫡男《ちゃくなん》は、とても素直で物覚えもよく、すばらしい剣の素質を持っていた。

しかし、訓練を見守る奥方は、コンスタンタンを見るたびに憂鬱《ゆううつ》そうにため息をついていた。休憩時間の度《たび》に、奥方がクレールはどうしたのかと聞いてくる。うんざりしてしまった。

最後に、奥方より「次は来なくていいわ」と言われてしまった。さらに、受け取った賃金は、金貨一枚ではなく、銀貨一枚だった。

おそらく、クレールだからこその金貨一枚の報酬だったのだろう。がっくりと、うな垂れてしまった。

同時に、飄々《ひょうひょう》と生きているように見えるクレールも、人知れず苦労しているのだなと思うコンスタンタンであった。

ここ最近の決死の金策を振《ふ》り返《かえ》り、切なくなる。

あと少し、あと少しなのだ。

一日の仕事を終えて、外に出る。すると、遠くから声が聞こえた。

「コンスタンタン様──!!」

リュシアンが朝も早い時間から畑にやってきていた。手に何かを持って駆けてくる。

「おはようございます」

「アン嬢《じょう》、おはよう。コオロギが捕獲されているか、見に来たのか?」

「はい! こんなにたくさん、罠《わな》にかかっておりましたの」

リュシアンは手にしていた箱の蓋《ふた》を開いた。すると──中にはびっしり詰まったコオロギが。

コンスタンタンはゾッとしてしまう。朝から、衝撃的《しょうげきてき》なものを見てしまった。

単体で見るなら、特になんとも思わない。けれど、大量に見たら、なんとも気持ち悪い。グレゴワールやドニが苦手に思う理由を、コンスタンタンははっきり理解した。

コオロギがうごめく箱を手にしているリュシアンは平気なようだ。

「その……捕獲作戦は、大成功のようだな」

「ええ!」

コオロギが逃《に》げる前に、リュシアンは素早《すばや》く蓋を閉じる。

「どの捕獲器にも、これくらい捕まっているようでした」

「ならば、数日これを設置すれば、近々、畑からコオロギがいなくなるだろう」

コオロギ問題は無事解決しそうだ。コンスタンタンはホッと胸をなで下ろす。

昼になると、ドニがやってくる。爬虫類愛好会に、コオロギが売れたと。

テーブルに、硬貨がたっぷり入った革袋《かわぶくろ》が置かれた。

ドニは興奮した様子で、コオロギを販売《はんばい》したときの様子を語る。

「買ったその場でコオロギをその場で与《あた》えたら、パクパク食うもんで、追加で売ってほしいと。まだ、コオロギは畑にいるだろうか？」

リュシアンは嬉《うれ》しそうに答えた。「もちろんです！」と。夜から明け方にかけて捕獲したコオロギを、そのままドニへと手渡した。

思いがけず、コオロギが大金へと転じた。

「コンスタンタン様、こちらのコオロギを販売したお金は、いかがなさいますか？」

「それは――」

披露宴の費用にしたら、コンスタンタンが悩《なや》んでいる金策問題は解決するだろう。

しかし、コオロギを捕まえたのは、リュシアン、そして農業従事者の手柄《てがら》。コンスタンタンが手にしていいものではない。

「野菜サロンの活動資金と、農業従事者の臨時給金に充《あ》てておこう」

「よろしいのですか？　コオロギをドラン商会に売るというのは、コンスタンタン様のアイデアですので、すべて手にしても問題はないのですが」

「ああ、問題ない」

そう答えながらも、コンスタンタンは心の中で涙を流す。グレゴワールのように、素直に「金がない」とは言えなかった。リュシアンの前で、いい格好をしたい、というのもあったのだが。

グレゴワールにも話したが、「それでよかったんだよ」と言ってくれた。


数日後、農業従事者らに呼ばれたリュシアンと共にコンスタンタンは、思いがけない贈り物を受け取る。

「アランブール卿《きょう》、リュシアン様、ご婚約《こんやく》、おめでとうございます!!」

祝いだと言って差し出されたのは、陶器《とうき》の壺《つぼ》に入った硬貨だった。

「これは？」

「お二人の仲睦《むつ》まじい姿を見かけ、ほっこりしたときに小銭を入れていたんです」

「きっとご結婚されるだろうから、お祝いを買えるようにって」

「何か品物をと考えていたのですが、貴族様が欲《ほ》しがる品が、まったくわからなくて」

「これを、結婚生活の足しにしてください」

皆、コンスタンタンとリュシアンを、見守ってくれていたようだ。思わず、胸がジンと温かくなる。

「ありがとう」

「大切に、使わせていただきます」

想像もしていなかった祝いに、ただただひたすら驚《おどろ》いてしまう。

壺を抱え、あぜ道を歩く中で、コンスタンタンはしみじみと呟《つぶや》いた。

「アン嬢が皆に親切にしているから、このようなものを用意してくれたのだろうな」

「いえいえ、コンスタンタン様の、人徳があってこそですわ」

「いいや、私ではなく、アン嬢が――」

ここで、背後で会話を聞いていたロザリーが口を挟《はさ》んだ。

「お二方が、農業従事者達に親切にしていたからこそ、ですよ」

あとをついてきていたガーとチョーが、「そうだそうだ」と言わんばかりに、ガーガー鳴いていた。

「そういうことに、しておくか」

「そうですわね」

そこまでたくさんは入っていないと話していたものの、数えてみたら金貨一枚に相当する金額が入っていた。

これを披露宴の費用に回したら、必要な金額は満たされる。だが、これはコンスタンタンだけに贈られたものではない。リュシアンのものでもあるのだ。使い方は、話し合わないといけないだろう。

コンスタンタンは腹を括《くく》り、リュシアンに相談する。

「アン嬢、その、恥《は》ずかしい話なのだが、披露宴の費用が少しばかり足りなくて、これを充てられたらと考えている。いいだろうか？」

「はい、もちろんですわ。貴族税がかかっているので、大変だろうなと思っておりました。わたくしの持参金では、お力になれないだろうなと考えておりまして、父に相談をしていたのです」

「ああ、そうだったのだな」

披露宴の費用は、ドニが必要最低限にまで抑《おさ》えてくれた。だから、リュシアンの持参金があれば、楽に払いきっただろう。けれど、コンスタンタンはそれをしなかった。

「アン嬢の持参金は、披露宴に使っていない」

「まあ、そうでしたの。でも、どうして……？」

「持参金は披露宴で使うのではなく、アン嬢のために、使えたらと思っている」

「持参金は、結婚のために使うものですのに」

「アン嬢、人生とは、長いものなのだ」

コンスタンタンの言葉に、リュシアンは首を傾《かし》げる。静かに、その理由を話す。

「私は騎士《きし》だ。もしも、国家間で戦争が始まれば、前線へ赴《おもむ》かないといけない。もしも命を落としたとき、敗戦だった場合は弔慰金《ちょういきん》すら入ってこないかもしれない。私が死んでも、アン嬢は生き続けないといけない。そういうときに、持参金を使ってほしいと考えている」

「コンスタンタン様！」

悲しげな瞳《ひとみ》でコンスタンタンを見つめるリュシアンを、ぎゅっと抱《だ》きしめる。

「騎士の妻というのは、強く在り、前を向いて生きないといけない。そんな覚悟《かくご》を、強《し》いてしまうのは申し訳ないと思っているのだが」

「騎士を続けるコンスタンタン様の覚悟に比べたら、わたくしの決意など、なんてことないものです」

今、リュシアンと出会い、妻として迎《むか》えられる喜びをひしひしと痛感する。

命をかけて守らなければならない存在だと、強く思った。


話し終えたあと、リュシアンより抗議《こうぎ》が上がった。

「披露宴の費用が足りないというお話は、もっと早くしていただきたかったです。金策は一人で考えるよりも、二人で考えたほうがいい案だって浮《う》かんでいたかもしれませんのに」

「すまない。私のちっぽけな自尊心が、邪魔をしていたのだ」

「お気持ちは、わかるのですが……」

金がないという現実を、コンスタンタンは恥ずかしく思っていた。しかし、こうして素直に打ち明けると、肩《かた》の荷が下りて楽になる。もっと早く、自尊心を捨て去って告げればよかったのだ。

「これからは、何か困った事態となった場合、一番にアン嬢へ相談しよう」

「約束ですよ」

「ああ、約束だ」

こうして、コンスタンタンの長きに亘《わた》る金策は成就《じょうじゅ》した。

心配することなく、盛大な結婚式《けっこんしき》を挙げられるだろう。

お嬢様は嵐を恐れず野菜を守る！

コオロギ大量発生事件から一ヵ月――王の菜園は平和を取《と》り戻《もど》していた。

害虫を駆除した畑では、夏野菜がみるみる育っている。

ルビーのように輝くトマトに、はち切れんばかりに大きくなったナス、ツヤツヤに色付くズッキーニなど。

収穫された野菜は、検食をしたのちに王の住まう宮廷《きゅうてい》へ送られる。残った野菜はリュシアン率いる野菜サロンで引き取られ、市場で売られたり、喫茶店《きっさてん》〝菜園スープ堂〟の料理の材料として利用されたり、下町での炊《た》き出《だ》しに使われたりしている。

王の菜園は知名度を上げ、多くの人々の腹を満たしている。国王を身近に感じるのと同時に、食への感謝の気持ちも深まったと評判だ。

リュシアンは誇《ほこ》らしい気持ちで、日々働いていた。

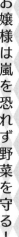

結婚式を目前とし、コンスタンタンとリュシアンは二人揃《そろ》って王の菜園の畑に立つ。ガーとチョーもやってきて、リュシアンのあとをちょこちょことついて回っていた。

この場所は、リュシアンが新たに耕した区画である。ここに、披露宴《ひろうえん》のときの料理に使う野菜を育てることにしたのだ。

　提案者はコンスタンタン。二人で力を合わせ、披露宴で参列者にふるまう料理に使う野菜を作るのが目的だ。

　どんな野菜を作ろうか。コンスタンタンとリュシアンは真剣《しんけん》に話し合った。どの料理に使う野菜を作るかも重要である。コンスタンタンがサラダはどうかと言うので、ならば〝寒玉《かんだま》キャベツ〟を作ってみないか、と提案してみた。

「寒玉キャベツか。初めて聞くな」

「夏に種を蒔《ま》いて、冬に収穫《しゅうかく》できるキャベツですわ。煮《に》込んでも形が崩れにくいのが特徴《とくちょう》で、千切りにしてサラダにしてもおいしいのですよ。寒くなればなるほど、甘《あま》みが増しておいしくなるんです。きっと、参列者の方々にも、喜んでいただけるでしょう」

「わかった。だったら、その寒玉キャベツを作ってみよう」

　コンスタンタンはキリッとした表情で、桑《くわ》を握《にぎ》った。その様子を見て、リュシアンは笑ってしまう。

「アン嬢、どうかしたのか？」

「いえ、コンスタンタン様が、桑で戦いそうに見えましたので」

「武器の持ち方で、握ってしまったな。これは、どう握るんだ？」

「お教えしますね」

　これまで、コンスタンタンは野菜の収穫を手伝ったり、種蒔きをしたり、水やりをしたりしていた。けれど、本格的な農作業は、今日が初めてである。

リュシアンは農具の使い方から、しっかり伝授した。

「やはり、剣や槍《やり》とは、使い勝手が違《ちが》うのだな」

「そうですわね」

コンスタンタンは勘《かん》がよく、すぐに使いこなせるようになった。

「では、この小さな鉢《はち》に、種を植えましょう」

「直接、畑に植えるわけではないのだな？」

「ええ。本葉が五枚くらいになるまで小さな鉢で育ててから、畑に植えます」

「なるほど。承知した」

耕した土を鉢に移し、種を蒔き、しっかり水を与えた。

「キャベツの葉は、蝶《ちょう》の大好物ですの。食べられないように、編み目の細かい網《あみ》などで、覆《おお》っておかなければなりません」

こうして用心していても、虫はどこからか入り込んで葉を食べる。放置せず、一日に二回は様子を確認したほうがいいだろう。

「では、虫の監視《かんし》は私に任せてほしい」

「野菜の騎士様の、お仕事ですのね！」

「ああ」

ガーとチョーが、ガアガア鳴き始める。まるで、自分達もいると主張しているようだった。

リュシアンは微笑《ほほえ》みながら、頭を下げる。

「それでは、コンスタンタン様、ガー。チョー、よろしくお願いいたします」

あとは、披露宴で皆に喜んでもらえるようなキャベツができますようにと、祈《いの》るばかりだ。

◇◇◇

〝菜園スープ堂〟の開店前に、新たな課題が浮上《ふじょう》する。それは、店の一押《いちお》しメニューとするサラダ作りである。

王太子より、手紙が届いたのだ。ぜひとも、店で王の菜園の名を冠《かん》するメニューを考えてほしいと。

皆で話し合った結果、野菜をもっともおいしく食べられる状態は、生のまま。

サラダに王の菜園の名前を付けて提供しようという話になった。

問題はどのようなサラダにするのか。普通のサラダではなく、特別な一品としたい。

その日から、毎日サラダの試作品を作ることとなった。

最初に作ったのは、レタスとトマトに特製のドレッシングをかけただけのひと品である。

「おいしいけれど、驚くほど普通ね」

そんなソレーユの言葉に、リュシアンは頷いた。

王の菜園の名前が付くサラダだ。今までにない、王様のようなサラダにしたい。

「ロザリー、何か、いい案はありますか？」

「うーん、そうですね。常識に囚われない、とっておきのサラダにしたいんですよね？」

「ええ」

「いっそのこと、採れたてのトマトをそのままどん！　とお皿に置いて、かぶりついていただくのはいかがでしょう？」

「たしかに、トマトの丸かじりはとってもおいしいのですが……」

それは、サラダではない。おいしいことに間違いはないが、却下《きゃっか》させていただく。

「ソレーユさんは、どう思いますか？」

「サラダのおいしさを引き立てるのは、ドレッシングだと思うの。その辺も、こだわっていいと思うわ」

「そう、ですわね。少し、考えてみましょう」

リュシアンはドレッシングのネタを探すために、王の菜園を歩き回る。

通常、ドレッシングの材料となるのは、酢《す》、油、塩。これに、香辛料《こうしんりょう》やハーブを加え、さまざまな味わいにアレンジするのだ。

まず、リュシアンがしゃがみ込んだ先にあるのは、夏に収穫できる品種のタマネギ。春のタマネギはやわらかく甘いが、夏のタマネギはシャキシャキしていてピリッと辛《から》い。

「ねえ、ロザリー、タマネギをすって、ドレッシングに入れるのはどうでしょう？」

「いいですね！」

候補の一つとしておく。いろいろ作って味見をしたいので、リュシアンは調査を続けた。

トウモロコシ、アスパラガス、ピーマン、ソラマメと、夏野菜を次々とカゴの中へと入れた。

「こんなものですね。では、試食品を作ってみましょう」

「はい！」

野菜を喫茶店に持ち帰り、さっそく調理に取りかかる。

リュシアンはまず、タマネギのドレッシングから作ることにした。ロザリーは、ソラマメを使ってドレッシング作りに挑戦《ちょうせん》する。

まず、タマネギをするのだが、大粒《おおつぶ》の涙《なみだ》が零《こぼ》れてしまった。

「アンお嬢様、目が真っ赤ですが、大丈夫ですか？」

「タマネギが、染《し》みます」

「濡《ぬ》れタオルを用意しますね」

目元を冷やしたら、なんとか治まった。気合いを入れてタマネギをすり、酢、オリーブオイル、塩、黒コショウを加えて混ぜた。タマネギのドレッシングの完成である。

「アンお嬢様、私もできました」

「では、試食をしてみましょう」

ソレーユとアニーを呼び、サラダを試食してもらう。

「こちら、王の菜園のサラダと称《しょう》して売りに出したいのですが、いかがかなと」

「いただくわ」

「どんな味なんだろう」

ドキドキしながら、二人が食べる様子を見つめる。まずは、ロザリーが作ったソラマメのドレッシングから。

「面白《おもしろ》いわね。でも、味にパンチがないというか、ちょっとぼやけている印象だわ」

「隠《かく》し味《あじ》に、アスパラガスを入れたんです」

「アスパラガスの風味は、完全に死んでいるわね」

アニーは、一口食べたらフォークを置いてしまった。

「アニーさん、その、いかがでしょうか？」

「なんか、青くさいかも……」

ロザリーも試食し、「ああ、なるほど」と言って肩を落とす。

「ロザリー、このソラマメのドレッシングは、肉料理にならば合うかもしれないわ」

味を主張しないところが、肉汁《にくじゅう》とよく相まって肉の風味を高めるだろう。ソラマメのドレッシングは、そんな味わいであった。

「アンお嬢様、ありがとうございます」

続いて、リュシアンのタマネギドレッシングの試食に移った。ソレーユは一口食べて、ハッとなる。

「これ、おいしいわ！　この、タマネギのピリッとした風味が、いい刺激《しげき》になっているの。こんなドレッシング、初めてよ！」

思いがけない大絶賛に、リュシアンはホッと胸をなで下ろした。だが、アニーは眉間《みけん》に皺《しわ》を寄せ、フォークを置いてしまった。

「あの、アニーさん、お口に合いませんでしたか？」

「とっても辛い」

「ああ！　申し訳ありませんでした」

アニーにとって、タマネギのドレッシングは辛みを強く感じてしまい、おいしく食べられなかったようだ。

「わたくし、大人も子どももおいしく食べられる、という考えがありませんでしたわ」

王の菜園をメニュー名に使う以上、大人も子どももおいしく食べられるものでないといけないだろう。

「考え直してみます」

大人と子どもが好きな食材を使ったドレッシング――口にするのは簡単だが、実際に考えるとなると難しい。

「甘い野菜といえばトマトですが、トマトはサラダの具として使いたいので、却下ですね」

「ピーマンは論外ですし、ナスはドレッシングに向きませんし……」

「温室で珍《めずら》しい野菜を育てているので、調べてみましょうか」

「そうですね」

リュシアンとロザリーが向かった先は、ガラス張りの温室である。ここでは、暖かい地域の野菜や果物を育てているのだ。

中に入ると、一気に温度が上がる。

「あ、アンお嬢様、オレンジがたくさんなっていますよ」

「本当ですわね！」

今年はオレンジが豊作のようだ。鮮《あざ》やかに色付いたオレンジは、とても甘いと評判である。

〝菜園スープ堂〟でのデザートに使いたいと、交渉《こうしょう》しているところだった。

試食をしたときには、驚いたものだ。オレンジの粒《つぶ》一つ一つに歯ごたえがあって、噛《か》むと薄《うす》皮《かわ》がプツンと弾《はじ》けて甘い果汁《かじゅう》があふれ出す。今年は大きさ、色、艶《つや》、甘みとどれをとっても最高基準のオレンジができたと、農業従事者は語っていた。

そんな話を思い出し、リュシアンはハッとなる。

「ロザリー、このオレンジで、ドレッシングを作れないでしょうか？」

「おお！　新しいですね。もしもいい感じに作れたら、大人から子どもまで、おいしく食べてもらえそうです」

「ええ」

早速《さっそく》、オレンジをいくつかもぎ、喫茶店へと戻った。

まずは、オレンジを搾《しぼ》り器《き》で搾っていく。柑橘《かんきつ》の爽《さわ》やかな香《かお》りが、厨房《ちゅうぼう》いっぱいに広がった。

ボウルにオレンジの果汁を注ぎ、酢とオリーブオイル、塩、黒コショウを振って味を調《ととの》えた。

先ほどは完成したドレッシング単体で味見をしたが、今回は野菜と合わせて食べてみた。

「アンお嬢様、甘酸《あまず》っぱくて、爽やかで、おいしいドレッシングです」

「ええ、本当に」

大成功と言いたいところだったが、少しだけパンチが効いていないような気がした。

迷った結果、リュシアンは少しだけアレンジを加える。

レモンを搾って少しだけ垂らし、すったオレンジの皮と、ぶつ切りにしたオレンジを混ぜてみたのだ。

ドキドキしながら、改良したドレッシングを食べてみる。

「おいしい、かもしれません。ロザリー、どうでしょうか？」

「アンお嬢様、間違いなく、おいしいです！」

今度は自信を持って、ソレーユとアニーにドレッシングを食べてもらう。

「わっ、なんだかいい香りがする！」

「そうね。柑橘系というか、オレンジかしら？」

「そうなんです。オレンジで、ドレッシングを作ってみました」

「オレンジで？　味が、まったく想像できないわ」

「どうぞ、召し上《あ》がってください」

先ほどのような、おいしいかどうかという不安な気持ちはなかった。リュシアンはしっかり前を見据《みす》え、反応を待つ。

「こ、これは！」

「おいしい‼」

アニーの瞳がキラリと輝《かがや》いた。口元を押《お》さえていたソレーユも、見張るような瞳でサラダを見つめている。

「リュシアンさん、これ、最高よ。とってもおいしいわ！」

「苦くないし、辛くもない。初めて、サラダがおいしいって思った」

「あ、ありがとうございます！」

おいしく作ったという自信はあったものの、ソレーユとアニーの評価を聞いて安堵《あんど》する。

「王の菜園の名にふさわしい、とっておきのサラダだわ」

「これ、お母さんにも、食べさせてあげたい！」

「もったいない、お言葉です」

ひとまず、このオレンジを使ったサラダは夏季限定のサラダとなりそうだ。

「アンお嬢様、アランブール卿と一緒《いっしょ》に作っている寒玉キャベツも、王の菜園サラダにするのはいかがでしょうか？」

「そうですね。きっと、喜んでいただけるでしょう」

リュシアンは言葉にできない達成感を前に、心が満たされるような気分となった。

◇◇◇

コンスタンタンと共に育てていた寒玉キャベツだったが、順調に育っていた。

今日は、育った苗《なえ》を畑に植える作業を行う。ガーとチョーも、参加していた。

コンスタンタンは農業従事者が着ているようなシャツにベスト、それから黒いズボンに長靴《ながぐつ》という姿で現れた。前回、騎士服のままで農作業をしたら、泥《どろ》だらけにしてしまった。自宅へ帰ると、執事《しつじ》から「農作業をするときは、騎士服ではなく、作業着でしてくださいね」と小言を言われたらしい。騎士服の生地《きじ》は分厚いため、汚《よご》すと洗濯《せんたく》に時間がかかるようだ。

「わたくしも、ドレスを汚してしまったら、執事様に怒《おこ》られてしまうのですね」

「もしも汚してしまったときは、裏口から帰ると発見されにくいだろう」

「では、今日はこっそり裏口から帰りますわ」

戦々恐々《せんせんきょうきょう》としつつ、作業を開始する。

畝《うね》を作り、キャベツの苗を植えていった。土を掘《ほ》り返したときに出てきた幼虫は、ガーとチョーが食べてくれる。

「アン嬢、植えるときのコツはあるのだろうか？」

「苗の距離《きょり》感《かん》も大事ですの。近すぎたら、キャベツとキャベツが、押し合《あ》いになって育たなくなりますので」

「承知した」

間隔《かんかく》を空けて、キャベツの苗をせっせと植えていく。

「アン嬢、これでいいか？」

「はい！　コンスタンタン様、お上手ですわ」

苗を植え終えたら、水を与える。キャベツを育てるにあたり、乾燥《かんそう》は厳禁となる。そのため、畝に藁《わら》を被《かぶ》せるのだ。

「藁を見ると、どうしてもコオロギを思い出してしまうな」

「ええ、そうですわね」

今回、骨組みと網で作ったアーチでキャベツの苗を覆う。害虫対策である。

「もう、コオロギは少なくなりましたので、大丈夫かとは思いますが」

引き続き、蝶を警戒《けいかい》するためのものである。隙間《すきま》がないようしっかり苗を覆った。

「これで、よろしいかと」

「あとは、キャベツが巻くのを待つばかりだな」

「ええ！」

コンスタンタンと共に、冬の収穫期《しゅうかくき》を心待ちにする。

◇◇◇

ついに、リュシアンがもっとも力を入れていた事業の一つ〝菜園スープ堂〟が開店する。

王の菜園でホッとひと息をテーマに、野菜を使った軽食や飲み物を提供する喫茶店である。

本日提供するスープは、トマトをまるごと煮込んだトマトスープ。トマトの上にチーズを振って、かまどで焼いてから提供する。試食の際に、もっとも評判がよかったスープである。

リュシアンの一押しは、異国から伝わった料理。トマトにスライスしたチーズを挟み、バジルソースをかけたカプレーゼ。食欲がない日でも、パクパク食べてしまう。きっと、気に入ってもらえるだろう。

リュシアンはテーブルを拭《ふ》いて回ったり、箒《ほうき》で床《ゆか》を掃《は》いたりと忙《いそが》しい。何かしていないと、気持ちが落ち着かないのだ。

そんなリュシアンに、ソレーユが一言物申す。

「リュシアンさん、どんと構えていないと、他の人にも伝染《でんせん》してソワソワしているわ」

「あっ、そう、だったのですね。わたくしったら……」

せっかちなところがあるのだと、リュシアンは正直に告げた。

「意外よね。ニコニコしながら、慌《あわ》てなくても大丈夫ですわよーとか言ってそうな感じなのに」

せっかちゆえに、王の菜園でウサギを見つけた際、挨拶《あいさつ》もそこそこに飛び出してしまったのだ。ウサギを追いかけ、素手《すで》で捕獲《ほかく》したところを、運悪くコンスタンタンに目撃《もくげき》されてしまった。リュシアンの黒歴史である。今では、深く深く反省していた。

「アンお嬢様!!」

ロザリーが息を切らせながら、戻ってきた。

「まあ、ロザリー、どうかなさいましたの?」

「大変です！　外を見てください！」

リュシアンとソレーユは窓から外を覗《のぞ》き込む。すると、〝菜園スープ堂〟の外に、長蛇《ちょうだ》の列ができていたのだ。

「なんてことでしょう！」

「驚いたわ」

「大変なことになっているでしょう？」

「ええ、たしかに」

開店まであと一時間だが、予定を変更《へんこう》する。リュシアンはエプロンをかけ、野菜サロンのメンバーに指示を出した。

「お客様をお待たせするわけにはいきませんわ。今日は特別に、早く開店できるようにいたしましょう」

皆《みんな》の頑張りもあり、三十分後には開店できた。

列の一番にいたのは、炊き出しの際によく顔を出していた家族連れである。

「いやはや、どうも。開店、おめでとうございます」

「ありがとうございます」

小さな子どもが、あぜ道で摘《つ》んだマーガレットをリュシアンに差し出してくれた。

「ありがとうございます。とっても、きれいですね」

すぐさま花瓶《かびん》に生け、家族が座《すわ》っているテーブルに飾《かざ》った。

「世話になっていた〝菜園スープ堂〟がオープンするっていうんで、ずっと楽しみにしていたんだ。仕事も決まったから、堂々と食べられる」

「おめでとうございます」

彼《かれ》はドラン商会で働き、妻は週に三日、王の菜園で働いている。野菜サロンの活動が実を結び、幸せになった一家だろう。

「注文はいかがなさいますか？」

「本日のスープのトマトグラタンスープを三つと、王の菜園サラダ。それから、夏野菜のジュースを三つくれ」

「かしこまりました。少々お待ちくださいませ」

それから、店内は客で満員となる。リュシアンとロザリー、ソレーユが注文を聞き、厨房に料理を頼《たの》む。熟練《じゅくれん》の主婦の技《わざ》が、光っていた。調理を担当する者達は冷静で、粛々《しゅくしゅく》と料理を仕上げていく。

すべてのテーブルに料理が行《い》き渡ったようだ。皆、笑顔《えがお》で王の菜園の野菜を頬張《ほおば》っている。

王の菜園の野菜が、捨てられていると知ったときは衝撃《しょうげき》だった。そこから、コンスタンタンと話し合い、さまざまな計画を練った。

その中で下町の状況《じょうきょう》を知り、王家の逼迫《ひっぱく》した経済状況を目《ま》の当《あ》たりにする。何かできないか、考えた中で王の菜園の事業を始めた。

今、王の菜園の野菜は一つたりとも無駄《むだ》になることなく、誰《だれ》かのお腹《なか》を満たしている。

夢見ていた光景が、目の前に広がっていた。

リュシアンは涙ぐんでいたが、感傷的《かんしょうてき》になる暇《ひま》はない。食事を終えた客が支払《しはら》いを終え、テーブルを片付けなければいけなかった。新たな客を引き入れ、注文を聞く。テーブルに水を配って回ったり、手が空いたら皿洗いをしたり。長時間外で待つ客には、レモン水を配った。

店が落ち着いたのは、午後三時。本日の営業は終了《しゅうりょう》となる。

「みなさん、お疲《つか》れ様《さま》でした」

二百食用意していたトマトグラタンスープは完売。王の菜園サラダに使う野菜が切れかけたときは、畑に野菜を採りに走った。

「営業時間は数時間と短かったのですが、その中で、たくさんの人達の笑顔を見ることができました。みなさんが、心を込めた料理を作ったり、接客をしたり、裏方として頑張《がんば》ってくれたりした、おかげです。その……ごめんなさい」

感極《かんきわ》まって、リュシアンは涙を零してしまう。そんなリュシアンを、ソレーユがぎゅっと抱きしめてくれた。

泣いている場合ではない。きちんと感謝の気持ちを伝えないといけないのに、嗚咽《おえつ》しか出てこなかった。そんなリュシアンの代わりに、ソレーユが感謝の気持ちを述べる。

「みんな、ありがとう。本当に、感謝しているわ。と、言いたかったのよね？」

ソレーユの問いかけに、リュシアンは何度もコクコクと頷《うなず》いた。

泣いているのはリュシアンだけではなかった。最前列で、ロザリーまでもらい泣きしている。他にも、目を潤《うる》ませ、涙してくれている者達もいた。

ソレーユがポツリと呟く。

「なんて、温かい空間なの」

「はい……。みなさんと、ご一緒できて、本当に、し、幸せです」

明日からもよろしく頼むと、深々と頭を下げた。

大変なのは、これからだろう。毎日継続《けいぞく》して続けることが、何よりも達しがたいものなのだ。

週に一度、炊き出しを行うのとは異なる。同じ料理を、サービスを、提供していかなければいけない。

しかし、今日一日の営業で、野菜サロンのメンバーの団結は今まで以上に固く、強固なものとなった。

◇◇◇

バタバタと忙しく過ごす中で、一通の手紙が届いた。

「アンお嬢様ー。お母君から、お手紙が届いているみたいですよ」

「あら、お母様から？」

手紙を受け取ると、三日前の大雨による川の氾濫《はんらん》で、橋が崩壊《ほうかい》。手紙の到着《とうちゃく》が遅《おく》れたと、赤字で書かれた紙が貼《は》られてあった。

「まあ、橋が崩壊したのですって」

「よく、復旧しましたよね」

ロザリーと話をしながら、ペーパーカッターで手紙の封《ふう》を切る。

「お母様は、いったい何の用事かしら——え!?」

「アンお嬢様、どうかしましたか？」

「ロ、ロザリー、今日は、何日でしょうか？」

「三日ですよお」

「大変！　お母様が、ここにやってくるみたいで」

「な、なんですとー!?　な、何か王都に用事があるのですか？」

「いえ、わたくしの結婚式の準備ができているのか、確認《かくにん》にやってくるようです」

「あ、そう、でしたか」

リュシアンの母クリスティーヌは、八名の子どもを育てた猛者《もさ》である。

厳格な性格で、教育に関しては大変厳しかった。

リュシアンの場合は、他の姉妹とは事情が異なる。六名の姉達は、完璧《かんぺき》な淑女《しゅくじょ》となるために少しの妥協《だきょう》も許されなかった。

リュシアンも同じように、躾《しつ》けられる予定だった。しかし、想定外の事態となる。

年子で、弟が生まれたのだ。リュシアンの両親にとっては、初めての男児である。

クリスティーヌは立派な跡取《あとと》りとするため、弟の教育に情熱を注ぎ込んでいた。

その間、リュシアンは自由となり、領地の畑を駆《か》け回《まわ》るような少女時代を送ったのである。

そんなリュシアンでも、クリスティーヌの教育は厳しいと感じていた。

「お母様は、何事に関しても容赦《ようしゃ》のないおかたで……」

「貫禄《かんろく》が、とんでもないですよね。遠くにいても、こう、メラメラと燃えるようなオーラを出しているように見えます」

リュシアンは「はー」とため息をついたが、憂鬱《ゆううつ》な気分を持て余している場合ではない。急いで、コンスタンタンやグレゴワールにクリスティーヌの襲来《しゅうらい》を知らせる必要があった。

まずは、コンスタンタンのもとへ向かい、クリスティーヌの訪問について報告した。

「コンスタンタン様、急なお話なのですが、母が本日、参るようで」

「フォートリエ子爵《ししゃく》夫人が、か？」

「はい」

大雨で橋が崩壊し、早めに届くはずの手紙が今日届いたと。突然《とつぜん》の訪問を、深々と頭を下げて詫《わ》びる。

「わかった。父に報告しておこう。アン嬢《じょう》は母君の到着を、待っていてほしい」

「承知いたしました」

アランブール伯爵家《はくしゃくけ》の使用人にも、迷惑《めいわく》をかけてしまった。客間の用意や、追加で用意する食事など、受け入れる側は支度《したく》が必要になる。

「ご迷惑を、おかけします」

「気にするな。父は客人をいつでも歓迎《かんげい》している。アン嬢の母君の訪問を、喜ぶだろう」

リュシアンは思わず、遠い目となる。どうか、大きな問題は起きませんようにと祈るばかりであった。


クリスティーヌは、午後三時過ぎにやってきた。侍女《じじょ》を引き連れ、堂々と王の菜園へ降り立つ。美しい田園風景が描《えが》かれた扇《おうぎ》を、優雅《ゆうが》にあおいでいた。

「お母様、お久しぶりです」

「まあ！　リュシアン、嫁《よめい》入り前の娘《むすめ》が、土で汚れた恰好《かっこう》でいるなんて！」

先ほどまで、ズッキーニの収穫をしていたのだ。汚れているのは、仕方がない話である。

「まさか、結婚式の準備をおろそかにして、畑仕事ばかりしているのではないですよね？」

「結婚式の準備は、着々と、進めております」

「では、拝見させていただきましょうか！」

畳《たた》んだ扇で指されつつクリスティーヌの宣言を聞き、リュシアンは戦々恐々としてしまった。

途中《とちゆう》でソレーユを見かけると、クリスティーヌは表情を和《やわ》らげ、近づいていく。

「ソレーユさんではありませんか」

「フォートリエ子爵夫人！」

ソレーユを、クリスティーヌはぎゅっと抱きしめる。

「リュシアンから、話は聞いております。大変でしたね」

「ええ……。でも、ここのみんながいてくれたから、私はこうして元気にやっています。おかげさまで、毎日楽しいです」

「そうでしたか。よかったです」

クリスティーヌはソレーユのことをしきりに心配していたのだ。元気になったと伝えてはいたものの、本人を前にしないと安心できなかったのだろう。

「遠くからいらっしゃって、疲れたでしょう？　喫茶店で、お茶でも飲んでいらしたらいかが？」

「ああ、リュシアンが開いたという、〝菜園スープ堂〟ですね。しかし、まずはアランブール伯爵に挨拶をしなければ——」

「いいから、行きましょう！」

ソレーユはクリスティーヌの背中を押し、〝菜園スープ堂〟へと誘《いざな》う。

そんな様子を見て、ロザリーがボソリと呟《つぶや》いた。

「ソレーユさん、強いですね」

「ええ。もしかしたら、母より強いのかもしれません」

さすが、元王太子の婚約者《こんやくしゃ》候補である。貫禄は八名子どもを産んで育ててきたクリスティーヌに負けていない。

彼女《かのじょ》が傍《そば》にいてくれることを、リュシアンは頼もしく感じていた。

「こちらが、お店一押しの、王の菜園サラダです」

「まあ、彩《いろど》りが美しいですね。さすが、王を冠する野菜。味はどうでしょう」

ドキドキしながら、クリスティーヌがサラダを食べる様子を見守る。

「おいしいわ!! 驚《おどろ》きました。ドレッシングに、オレンジを使うなんて。こんなに新鮮《しんせん》で、洗練されていて、味わい深いサラダは初めてですよ」

クリスティーヌはお世辞など言わない。口にする言葉のすべてが真実である。

フォートリエ子爵領でさまざまな野菜を食べてきた彼女を満足させるサラダだったようだ。

皆で顔を見合わせ、微笑みあう。

「このサラダを考えたのは、誰なのですか?」

「クリスティーヌ様、アンお嬢様なんですよ」

「リュシアン、あなたが?」

「はい。大人から子どもまで、サラダをおいしく食べていただけるように、ロザリーと一緒に考えました」

そう答えると、ロザリーがギョッとする。

「オレンジのドレッシングは、アンお嬢様のアイデアですよお。謙遜《けんそん》なさらないでください」

「温室を見に行こうと提案したのはロザリーなので、一緒に考えたようなものですよ」

「アンお嬢様は、優《やさ》しすぎますー!」

サラダを食べたクリスティーヌは、珍しくリュシアンを褒《ほ》めた。

「結婚式を差し置いて、何をしているのかと思っておりましたが、野菜を第一に考え、王の菜

園を布教する活動をしていたのですね。立派です」

「お母様……」

リュシアンの瞳《ひとみ》に涙が浮《う》かんだが、次なる一言を聞いてそれも一瞬《いっしゅん》で引っ込む。

「しかし、結婚式《けっこんしき》の準備が整っていない件にかんしては、また別の話ですので、ビシバシ指導させていただきます」

「……はい」

アランブール伯爵家に向かい、グレゴワールとコンスタンタンにクリスティーヌを紹介《しょうかい》した。

「コンスタンタン様は以前、顔を合わせているかと思いますが、アランブール伯爵は初めてですので。改めまして、紹介いたします。母のクリスティーヌです」

「娘が大変お世話になっております。今回、結婚式及《およ》び、披露宴の準備を手伝いたいと思い、フォートリエ子爵領よりはるばるやってまいりました」

はるばるが、やたら強調された自己紹介であった。

「さっそく、書類関係の確認をさせていただきますわ」

「あの、その、どうか、お手柔《てやわ》らかに……」

グレゴワールは引きつった顔で返す。コンスタンタンは神妙《しんみょう》な面持《おもも》ちでいた。

一方、クリスティーヌは優雅に扇であおいで、余裕綽々《よゆうしゃくしゃく》の様子だった。

クリスティーヌのために用意された部屋に行き、コンスタンタンは結婚式に関する書類一式を提出する。クリスティーヌはまるで上司のように、しずしずと受け取った。

眼鏡をかけ、鋭《するど》い視線で書類に視線を落としている。リュシアンは何も不備がありませんように、と、祈るような気持ちでクリスティーヌを見つめていた。

最後の一枚を読み終わり、眼鏡を外す。眉間の皺《しわ》をもみほぐし、「ふー」と息をはいていた。

「あの、お母様、いかが、でしたか?」

「女主人の手を借りずに、よくやっているかと思います。しかし、このままでは、間に合わないでしょう。王の菜園の事業をしばらく休んで、結婚式の準備に集中しませんと」

そんな! という言葉は、ごくんと呑《の》み込んだ。

リュシアンは常日頃《つねひごろ》から、もしも自分がいなくなったときを想定し、野菜サロンのメンバーに仕事を頼んでいた。全体の統率《とうそつ》は、ソレーユに任せられる。その辺は、問題ないだろう。

「アン嬢、大丈夫《だいじょうぶ》か?」

「ええ。お母様、わかりました。しばらくは、結婚式の準備に、勤《いそ》しもうと思います」

「当然です」

クリスティーヌは立ち上がり、リュシアンに接近すると突然顎《とつぜんあご》を掴《つか》んだ。

「お、お母様、な、なんでしょうか?」

鋭い目で、見つめられる。リュシアンはヘビに睨《にら》まれた、カエルの気分を味わってしまった。

「化粧《けしょう》が、薄《うす》すぎます。これでは、顔のそばかすが見えてしまう」

「も、申し訳、ありません」

コンスタンタンから「肌《はだ》の負担になるだろうから、化粧は濃《こ》く施《ほどこ》さなくていい」と言われてから、リュシアンの化粧は極《きわ》めて薄く、最低限になっていたのだ。

夕方になれば化粧が剥《は》がれ、クリスティーヌの言う通り、そばかすが見える状態になる。

「日焼けの対策も、していないようですね？」

「そ、それは、はい……」

王の菜園の事業で忙しくするあまり、おろそかになっていたのだろう。それは素直《すなお》に反省する。

「貴族女性としての務めを果たさず、自分のしたいことを優先するなど、本末転倒《ほんまつてんとう》です。あなたは、わかっているのですか？」

「も、申し訳、ありません」

「フォートリエ子爵夫人、待ってください。彼女は、アランブール伯爵家を重んじ、王の菜園を何よりも大事に思い、また、働く者達も尊重する立派な女性です。たしかに、貴族女性らしくはありませんが、私はこのままのリュシアン嬢であってほしいと考えております」

物申したコンスタンタンを、クリスティーヌはジロリと睨んだ。

「甘《あま》いっ!!」

クリスティーヌは鋭い声で一喝《いっかつ》する。

何事にも動じないコンスタンタンが、僅《わず》かにたじろぐ。リュシアンの肩《かた》を抱《だ》き、一歩、二歩と下がっていた。

「妻として迎《むか》えた女性は、いわば、家の顔なのです。もしも、みすぼらしい恰好をしていたら、家の財政が悪いのだと思われます。せかせかと働いていたら、人も雇《やと》えないのかと、家自体がバカにされてしまうのです。一家の妻となる女性は、美しく、清らかに、どんと構えて、多くの者を従えないといけません」

クリスティーヌは畳んでいた扇をパッと広げて、優しくあおぎ始める。

「わたくしは、嫌味《いやみ》を言いに来たわけではありません。リュシアン、あなたに、女主人としての心得を、指導してあげますからね」

「あ、ありがとうございます」

こうして、クリスティーヌの厳しい指導が始まった。

◇◇◇

野菜サロンは、ソレーユの指揮で立派に機能していた。やはり彼女は、人の上に立つべき者なのだと、しみじみ思ってしまう。

リュシアンはといえば、朝から私物のチェックを受けていた。

「まあ！　リュシアン、なんですの、この、貧相な宝飾品《ほうしょくひん》の数々は。お父様が、支度金《したくきん》を持たせたでしょう？」

「すみません。あまり、夜会に出ないので、お母様から借りた真珠《しんじゅ》の一揃《パリユール》えがあれば、いいものだと思っておりました」

「これは、わたくしが結婚式の婚礼《こんれい》衣装に合わせるために作った、時代遅れのものですよ。宝飾品の流行は常に入《い》れ替《か》わっています。最先端《さいせんたん》のものを、年に一度は買うべきです」

その話を聞いて、婚礼衣装を見せるのが心配になる。

仕立て直した婚礼衣装は、ほぼそのままの状態であった。追加でリボンやレースは付けていない。ありのままが美しいと、リュシアンは考えていたのだ。

絶対に文句が出るだろう。見せる前から、憂鬱になる。

「ちなみに、宝飾品は？」

「コンスタンタン様に、ファイアオパールの結婚指輪を、いただきました」

「ファイアオパールの指輪ですって⁉」

クリスティーヌの瞳が鋭くなる。リュシアンは後退しそうになる気持ちをぐっと抑《おさ》え、なんとか説明した。

「ファイアオパールとは、オパールの仲間で、太陽の光にかざすと、炎《ほのお》が揺《ゆ》らめくように輝く宝石でして」

「ファイアオパールの説明を求めているのではありません。なぜ、ダイヤモンドの指輪ではないのですか？」

「そ、それは……」

しどろもどろと、隣国《りんごく》の王女の輿入《こしい》れ準備で、ダイヤモンドを始めとする人気が高い宝石を使った装身具が軒並《のきな》み店頭からなくなった件を説明した。

「そうだったのですね。どんな品か、拝見させてもらっても？」

「あ、今は、コンスタンタン様に預けておりまして」

ファイアオパールの指輪は、結婚式当日になったら正式に受け取る予定である。

「指輪以外の、装身具は？」

「えっと、まだ、なのですが」

何度か宝飾品を扱《あつか》う店に見に行ったり、ドラン商会に頼んだりと、いろいろ見て回ったものの、ピンとくる品がなかったのだ。

「わかりました、街で買《か》い揃《そろ》えましょう。次は、結婚式のドレスを、見せていただきましょうか」

ついに、恐《おそ》れていた瞬間《しゅんかん》がきてしまう。しかしここは、毅然《きぜん》としていなければならない。

まだ、クリスティーヌに婚礼衣装は新しく仕立てた品ではないと伝えていなかった。正直に伝えて、反対されるのを恐れていたのだ。

今回ばかりは、いくらクリスティーヌが恐ろしい人物であろうと、譲《ゆず》れない。徹底的《てっていてき》に戦うつもりだった。

衣装部屋に移動する前に、リュシアンは婚礼衣装について説明をする。

「お母様、婚礼衣装について、お話をしなければならないことがございます」

「いいから、早く案内なさい」

腕《うで》をぐいっと引かれ、そのまま衣装部屋まで歩く。事情を話そうと思ったが、クリスティーヌが矢継《やつ》ぎ早《ばや》に話題を振《ふ》るので、タイミングをすっかり逃《のが》してしまった。

小部屋に到着するやいなや、クリスティーヌは中へ入りドレスを目ざとく発見してズンズン接近する。

「リュシアン、これは、なんなのですか⁉」

クリスティーヌは信じがたいという顔で、リュシアンを振り返《かえ》る。

誰が何と言おうと、リュシアンはコンスタンタンの母親の婚礼衣装を着るつもりでいた。強い瞳を、クリスティーヌに向ける。

「お母様、こちらが、わたくしの婚礼衣装です。ひと目見て、気に入りました」

「しかしこれは、新しく仕立てたドレスではないですよね？」

「はい。コンスタンタン様のお母様がお召《め》しになっていたものを、お借りしました」

リュシアンは震《ふる》える声で、事情を語った。

「数ヵ月前、隣国の王女様の輿入れ準備で、注文していた婚礼衣装のドレスやリボン、レースがすべてキャンセルとなってしまったのです。途方《とほう》にくれたそのときに、この、コンスタンタン様のお母様のドレスを拝見して、貸していただけないかと懇願《こんがん》したのです」

清楚《せいそ》な純白の生地に、童話の姫君《ひめぎみ》のような意匠《いしょう》、それから長年大事にされてきたという話を聞いて、ますます結婚式に身に纏《まと》いたいと思ったことを話す。

「どうか、反対なさらないでくださいまし！　お願いいたします！」

「誰が、反対すると言うのですか？」

「え？」

「すてきなドレスだと、言おうとしていたのに、あなたがペラペラ喋《しゃべ》り始めるから、驚きました」

「す、すみません」

クリスティーヌはすぐに、古い婚礼衣装だとわかったらしい。しかし、長い間大切に保管され、愛に溢《あふ》れた一着であることにも気付いていたようだ。

「大切に、着るのですよ」

「はい」

無事、婚礼衣装が認められて、リュシアンはホッと安堵する。

「リュシアンの私物チェックは、まあ、いいとして。問題は、ロザリー、あなたですよ！」

クリスティーヌは目をクワッと見開き、今まで気配を消していたロザリーを閉じた扇で指し示す。

「えっと、私、ですか⁉」

「ええ！　いつまでその、メイドが着ているような、エプロンドレスをまとっているのですか⁉　侍女用のドレスを、数着仕立てていたでしょう？」

「す、すみません」

リュシアンは把握《はあく》していなかったが、クリスティーヌはロザリーのためにドレスを用意していたらしい。

「なぜ、ドレスを着ていないのですか？」

「あのおきれいなドレスを汚してしまうのが、申し訳なくて」

「ドレス用のエプロンも、付けていただでしょう？」

「それも、仕立てのいいお品で、どうしても手が伸《の》びず……」

「なんということでしょう！」

クリスティーヌは頭を抱《かか》え、盛大なため息をつく。

貴人に使える〝侍女〟と、下働きをする〝メイド〟は役割が異なる。恰好も、侍女は仕立てのよいドレスを着ているのに対し、メイドは大量生産されているエプロンドレスをまとっているのだ。

また、身分も侍女とメイドとは天と地ほども違《ちが》う。侍女は貴族生まれの女性が務めるのに対して、メイドの出身は問わない。

ロザリーは平民なので、メイドというのが正しい。けれど、仕事は侍女そのものである。

リュシアンも、ロザリーは侍女だと決めつけていた。

「ドレスだと、動きにくいというのもありまして……」

「ありえない！」

クリスティーヌは続いて、リュシアンをキッと見つめながら訴《うった》えた。

「リュシアン、あなたは、ここ一年の間に、ロザリーへドレスのおさがりを、いつ差し上げました？」

「えっと、冬にあったコンスタンタン様のお誕生日パーティーに、一着」

「一着ですって⁉」

通常、主人のドレスは侍女に下《さ》げ渡《わた》される。リュシアンはドレスをあまり持っていないので、新しく仕立てたエプロンドレスをシーズンごとに贈《おく》っていたのだ。

「春、夏、秋、冬に二着ずつ、最低でも一年に八着は下げ渡すべきです！　主人となる者はその倍以上のドレスを、新しく仕立て直す必要があるのですよ！」

続けて、リュシアンはクリスティーヌより質問を受ける。

「リュシアン、ここに着て、何着ドレスを作ったのですか⁉」

「そ、それは、ですね」

リュシアンは明後日《あさって》の方向を眺《なが》め、言葉を詰《つ》まらせてしまった。

「まさか、一着や二着と言わないですよね？」

「……ロです」

「はい⁉」

「ゼロ、です」

「んま～～～～‼」

本日一番の、大絶叫《だいぜっきょう》だった。耳の鼓膜《こまく》が破れるのではないかと、リュシアンは思ってしまう。

「いったい、どういう事情があって、ドレスを仕立てなかったのですか？　もしや、アランブール卿《きょう》が、ドレスは贅沢《ぜいたく》だから、作らなくてもいい。そのままでも、十分魅力的《みりょくてき》だと、甘ったるい言葉で説得されたのではないですよね!?」

「い、いいえ！　コンスタンタン様は、ドレスを買いに、何度か王都の街へ連れて行ってくださいました。しかし――」

いつ行っても、王都の仕立屋は長蛇の列ができていた。それを見るたびに、また今度でいいか、という気持ちになっていたのだ。

「なんだか、目眩《めまい》がしてきました」

「まあ、お母様、大丈夫ですの？」

「あなたのせいですよ！」

クリスティーヌはぜーはーと、肩で息をしていた。ロザリーが水を用意して差し出すと、一気に飲み干す。

「馬車を」

「はい？」

「全員、身支度《みじたく》をするのです！」

街へ行き、必要な品を揃えるという。ロザリーはクリスティーヌの侍女に連れ去られてしまった。

「ロザリー！」

「アンお嬢様《じょうさま》ー！」

リュシアンはクリスティーヌに捕《つか》まってしまう。

「あなたも、ドレスに着替《きが》えるのですよ！」

自身の侍女に、ロザリーにドレスを着せるように命じる。

「あの、準備は自分でできますので」

「いいえ、なりません！」

そんなわけで、リュシアンは手持ちの豪奢《ごうしゃ》なアフタヌーンドレスを着せられ、久しぶりに濃い化粧が施される。髪《かみ》もクリスティーヌの侍女が、社交界で流行《はや》っているという三つ編みをクラウンのように巻き付けたハーフアップに結《ゆ》ってくれた。

手早く準備がなされ、ぐったりするリュシアンのもとにロザリーがやってきた。

「アンお嬢様、お、お待たせいたしました……」

クリスティーヌの侍女の手によって、ロザリーは目を見張るほど美しくなっていた。

「まあロザリー！　とってもとってもすてきですわ！」

「そ、そうですか？」

リュシアンはロザリーの周囲をくるくる回り、愛らしいその姿を見て回る。

「ああ、ロザリー、ごめんなさい。こんなに可愛《かわい》いのに、毎日地味な恰好をさせてしまって」

「いえいえいえいえ、とんでもないです。このドレスでは、とてもお仕事なんてできないですよお」

これからは自らがきちんと着《き》飾《かざ》るのと同時に、ロザリーもきれいにしなければ。責任感に、リュシアンは燃える。

「さて、行きますよ」

「は、はい！」

足早に進むクリスティーヌを、リュシアンとロザリーは小走りしながらついていく。

「アン嬢⁉」

途中で、コンスタンタンとすれ違う。

「フォートリエ子爵夫人、どちらにいらっしゃるのですか？　まさか、社交場にでも？」

「そんなわけないでしょう。これから、必要な品を買いに行くだけです。心配せずとも、夕方には戻《もど》ります」

「そうですか。仕事が休みであれば、同行するのですが」

「お気になさらず。午後からも、どうか励《はげ》んでくださいまし」

「はっ！」

コンスタンタンと一言二言会話を交《か》わしたかったが、クリスティーヌに早く来るように言われてしまう。

リュシアンはコンスタンタンに会釈《えしゃく》だけして、雨に濡れる子犬のような顔でクリスティーヌのあとを追うこととなった。

久しぶりに、街にやってくる。このところ必要な品はドラン商会に頼んでいたので、街に行かずとも手に入っていたのだ。

社交界デビューの謁見式《えっけんしき》が終わっても、街は美しき着飾った人々で賑《にぎ》わいを見せていた。

夏から秋にかけてのシーズンは、再び街が活性化される。競馬に狩猟《しゅりょう》大会、遊戯盤《ゆうぎばん》を囲んだゲーム大会に、茶会に夜会、晩餐会《ばんさんかい》と、各地で社交を伴《ともな》った集まりが開催《かいさい》されている。

「それにしても、アランブール卿《きょう》やアランブール伯爵は真面目《まじめ》ですわね。リュシアン、あなたのお父様なんか、若いときは王都のタウンハウスにやってきて、夜な夜な遊び回っていましたよ」

「そ、そうだったのですね」

以前までは、毎年毎年王都にやってきて、社交を行っていたようだ。けれど、ある期間から社交シーズンも領地で過ごすようになった。

現在、フォートリエ子爵家のタウンハウスだった屋敷《やしき》は売り出され、別の者が住んでいるという。

「華《はな》やかだったり、話していて楽しかったり、やたらと色気があったりする男よりも、結婚相手は真面目で紳士《しんし》で、穏《おだ》やかで、遊び回らない男がいいですよ。その点では、リュシアン、あなたは、実に見る目があります」

関係が良好に見える両親にも、以前は何かあったのかもしれない。遠い目をするクリスティーヌを見ながら、リュシアンはそんなことも考えていた。

会話をしているうちに、仕立屋の前にたどり着く。いつも通り、長蛇の列ができていた。

「リュシアン、こちらです」

クリスティーヌは行列に並ばず、路地のほうへと歩いて行く。リュシアンはロザリーと顔を見合わせ、首を傾《かし》げていた。いったい、何をするつもりなのか。ひとまず、あとをついていくしかない。

クリスティーヌは仕立屋の裏口の扉《とびら》を叩《たた》く。すると、中から従業員の女性が現れた。無言で金貨を差し出すと、従業員の女性は受け取り「どうぞ」と中へ誘われる。

客間のような場所に通され、長椅子《ながいす》を勧められた。従業員がいなくなったあと、リュシアンはクリスティーヌを問《と》い詰める。

「お母様、どういうことですの？」

「心付けを手渡《てわた》したら、ここで、品物を見せてもらえるのですよ」

「そんな技があったのですね」

「ええ。行列に並ぶなんて、時間の無駄です」

その後、リュシアンのドレスを求めにきたと説明すると、たくさんの品物が部屋に持ち込まれた。同時に、リュシアンは採寸されて、新しいドレスも注文される。

リュシアンだけではない。ロザリーも同様に、採寸されていた。

「奥様《おくさま》、私は、本当に大丈夫ですので」

「いいから、数着作っておくのです！」

クリスティーヌは侍女に指示を出し、鞄《かばん》から丁寧《ていねい》に折りたたんでいたドレスを出す。それは、ソレーユが着ているものだった。

「これと同じ寸法のドレスも、お願い。パールホワイトの髪を持つ娘なの。似合う感じの色合いの品を用意するよう、お願いします」

ロザリーだけでなく、ソレーユのドレスも発注するようだ。きっと、届いた日には驚くだろう。ソレーユには大変世話になった。その褒美《ほうび》を、リュシアンは失念していた。

「アンお嬢様、大変なことになりました」

「わたくしはともかく、ロザリーやソレーユさんには、ドレスを差し上げるべきでしたね」

「そんな！　私は、エプロンドレスをいただいているだけでも、大変光栄でした。まさか私までもが、毎日ドレスをまとって仕事をすることになるのでしょうか？」

「ロザリー、そのまさかです。諦《あきら》めましょう」

「そ、そんなー！」

クリスティーヌは従業員が持ってきたドレスに鋭い視線を向け、扇を指し示して注文する。

「以上の十着を、いただきます。リュシアンの体の寸法に仕立て直してから、アランブール伯《はく》爵邸《しゃくてい》まで配達していただくよう、お願いいたします」

支払いをしようと、リュシアンは父親から預かっていた小切手の束を出そうとした。しかし、すかさずクリスティーヌが、侍女に持たせていた金貨で支払いを終えてしまう。

「お母様、わたくし、お父様から支度金を預かっているのですが」

「いいのですよ。それは取っておいて、将来、何かあったときに使うのです」

クリスティーヌも、コンスタンタンと同じ考えのようだった。リュシアンのための金は使わずに、自身で工面するという。

「長年貯《た》めていた隠《かく》し財産なので、お父様には内緒《ないしょ》ですよ」

「隠し財産、ですか？」

「ええ。一時期、王宮勤めをしていた時代があったので、そのときにいただいたお給金ですよ」

「お母様、王宮勤めの経験があったのですね」

「ええ。そこで、あなたのお父様と出会ったのですよ」

リュシアンも知らなかった両親のなれそめを聞く。クリスティーヌは生真面目《きまじめ》な性格なので、てっきり父親が決めた相手と結婚したものだと思っていたのだ。

「あなたのお父様は、あなたが王都に行くことを最初は渋《しぶ》っていたのですよ。軽薄《けいはく》な男に、捕まってしまうのではと」

「そ、そうだったのですね」

王都行きを望んだときには、あっさり許可を出してくれたので、反対されていたとは夢にも思っていなかったわけである。

「反対するお父様を、どのようにして説得されたのですか？」

「可愛い娘こそ旅をさせなければと、申しただけです」

故郷を離《はな》れ外の世界を見ることは、長い人生において必ず糧《かて》となる。クリスティーヌはそれを知っていたのだ。

「お母様がお父様を説得してくれたおかげで、わたくしは、コンスタンタン様と出会えました。

心から、感謝しております」

「ええ、ええ。将来はどうなることやらと心配していた娘が、立派な男性と結婚する。これ以上、喜ばしいことはありません。しかし、結婚したら誰もが幸せ、というわけではないですからね」

クリスティーヌは時折、貴族女性から相談を受けるという。

「相談の多くは、結婚生活についてです。多くの女性は父親の選んだ男性と結婚します。しかし、中には恋《こい》に溺《おぼ》れて、家柄《いえがら》がまったく釣《つ》り合《あ》わない相手と結婚して、価値観の違いに苦悩《くのう》したり、花嫁修業《はなよめしゅぎょう》が不十分で結婚生活が困難な状態になったりと、さまざまな問題を抱えているのです」

リュシアンには同じ思いをさせないように、クリスティーヌは女主人としての在り方を厳しく指導しているのだろう。

「口うるさく言うので、うんざりしているでしょう。しかし、我《わ》が子《こ》が苦労する様子は、見たくないのです。貴族社会は、わたくしの百倍、厳しいですからね！」

「お母様……！」

クリスティーヌの想《おも》いは、理解していた。ただ、勢いに呑まれ、対応しきれていなかったのだ。

リュシアンはクリスティーヌを抱きしめ、耳元で感謝の気持ちを伝えた。

「深く、感謝しております、お母様。大好きです」

小さな声で素直な気持ちを囁《ささや》くと、クリスティーヌは扇を広げて素早《すばや》くあおぐ。耳が真っ赤になっているのは、気付かない振りをした。

仕立屋での買い物を終えると、今度は宝飾店《ほうしょくてん》に行くという。婚礼衣装に合わせる一揃えの装身具を買うと、クリスティーヌは張り切っていた。

「もう、ダイヤモンドを使った品物は流通しているでしょう。王女との結婚は、破談となりましたからね」

「え、ええ」

クリスティーヌに、ソレーユと王太子の関係は話していない。あとで伝えておかないと、ソレーユの前で話してしまいそうだった。

彼女はもう吹《ふ》っ切《き》れているようだが、あえて出す話題でもないだろう。

「純白の、美しいドレスですからね。どんな宝石が似合うのか――」

リュシアンは花嫁《はなよめ》衣装を思《おも》い浮かべる。すると、ピンと閃《ひらめ》いた。

「お母様、わたくし、思いついたのです」

「なんですか？」

「お母様からお借りした真珠の一揃えが、コンスタンタン様のお母様の婚礼衣装に合う気がいたしまして。どう思いますか？」

「ですが、あの真珠の一揃えは、古いものですよ？」

「コンスタンタン様のお母様のドレスと、一緒《いっしょ》くらいの時期に作ったのではありませんか？」

「それは、そうですが」

「だったら、似合うはずです」

コンスタンタンの母の婚礼衣装と、クリスティーヌの真珠の一揃え。二人の母親がかつて結婚式で使っていた品を、リュシアンが引《ひ》き継《つ》ぐ。なんだかとてもすばらしいもののように感じてならない。

「お母様、どうか、お願いします‼」

リュシアンの勢いある懇願に、クリスティーヌは珍《めずら》しくたじろぐ。

「まあ、あなたがそこまで気に入ったというのならば、好きになさい」

「お母様、深く、感謝いたします」

今日一日で、多くのものを得る。はるばるやってきてくれたクリスティーヌに、リュシアンは心から感謝した。


その日の夜、コンスタンタンがリュシアンを心配し、声をかけてくれた。茶と菓子《かし》を囲んで、ちょっとした茶会を開く。

「コンスタンタン様、母がいろいろ物申してしまい、申し訳ありませんでした」

「いや、私は大丈夫だ」

「アランブール伯爵も、驚いていませんでしたか?」

「父は逆に、落ち着いていたような気がする」

グレゴワールはコンスタンタンに諭《さと》すように言った。今、クリスティーヌは子育て中で、気が立っている。任せておきなさい、と。

「野生動物が特にそうなのだが、子育てに精力を注いでいる母は、子に近づこうとする者すべてに攻撃的《こうげきてき》になる。だから、しばらく見守っておくよう、言われた」

「さすが、アランブール伯爵です」

グレゴワールの言う通り、クリスティーヌは感情が高ぶり、厳しく、相手を圧倒《あっとう》するような物言いしかしない。

「わたくしが、悪いのです。畑で遊び回っているばかりで、花嫁修業をしていなかったものですから」

ちょうど、リュシアンが年頃《としごろ》になったころ、弟の寄宿学校の準備が始まった。クリスティーヌはそれに一生懸命《いっしょうけんめい》になり、リュシアンの教育まで目が行き届いていなかったのだ。

「母は滞在《たいざい》する短期間で、わたくしを一家の女主人が務まるように、教育するつもりなのでしょう」

「そうか」

コンスタンタンは無理をするなとも、きちんと取り組んだほうがいいとも言わなかった。リュシアンとクリスティーヌの意志を尊重し、見守るつもりなのだろう。

「きっとこのままでも、わたくしとコンスタンタン様は幸せになれると思うのです。しかし、王の菜園にたくさんの人々を招き入れる以上、わたくしのふるまい一つが、アランブール伯爵家の評判に繋《つな》がります」

将来、リュシアンのせいで、アランブール伯爵家が陰《かげ》でそしられないよう、クリスティーヌは徹底的に厳しく接している最中なのだろう。

「言葉の一つ一つが、母の愛なのだと、わたくしは感じているのです」

遠慮《えんりょ》のない言動に、リュシアンだけでなくコンスタンタンも辟易《へきえき》するかもしれない。

「一つだけ言えるのは、嫌《きら》いだから、気に食わないから、言っているわけではないということのみでして。コンスタンタン様にも、何か言ってくるときがあるかもしれませんが、必要な情報にだけ耳を傾《かたむ》けていただけたら、嬉《うれ》しく思います」

クリスティーヌはコンスタンタンにも、容赦《ようしゃ》なく物申す。リュシアンは内心頭を抱えるばかりであった。止《や》めてくれと言っても、動き出した口は止まらない。

「まさか、わたくしだけでなく、コンスタンタン様にも物申すとは……」

「私も、すでに息子《むすこ》のような存在として、いろいろ指導をしてくれているのかもしれない」

「お母様ったら。まだ、結婚はしていませんのに」

「アン嬢《じょう》の教育と同じなのだろう。私は、本来ならば教育をしてくれる母を亡《な》くしている。女性の目から見て、至らぬところがあるのだろう」

「コンスタンタン様は完璧《かんぺき》ですわ」

リュシアンがそう言うと、コンスタンタンは天を仰《あお》ぐ。若干《じゃっかん》、頬《ほお》が赤くなっているので、照れているのだろうか。

「いや、私が完璧に見えているのは、アン嬢だけだ」

「そんなこと、ありません」

「ありがとう。気持ちだけ、受け取っておく。まあ、何はともあれ、フォートリエ子爵《ししゃく》夫人の指導は的確で、非常に助かっている。これから先も、何か気になることがあれば、どんどん注意してほしいと思うくらいだ」

コンスタンタンは寛大《かんだい》で、クリスティーヌの行動や言動を気にしないばかりか、受け入れてくれるようだ。ただただ、ひたすら感謝するばかりである。

「アン嬢、結婚式まで大変かと思うが、共に頑張《がんば》ろう」

頑張れや、頑張る、ではない。共に頑張ろう、と声をかけてくれた。それは、コンスタンタンとリュシアンの向くべき方向が同じであることを示す。

リュシアンはコンスタンタンのこういうところが好きなのだと、改めて思ってしまった。

◇◇◇

クリスティーヌの滞在は一週間の予定だったが、一ヵ月に延びている。というのも、野菜サロンの活動が忙《いそが》しくなり、リュシアンでないといけない案件が溜《た》まった結果、クリスティーヌが代理を務めることとなったのだ。

クリスティーヌの敏腕《びんわん》ぶりに、ソレーユも舌を巻いていた。

「リュシアンさんのお母様、野菜サロンのメンバー十人分くらい、バリバリ働いているのよ。いったい何者なの？」

「王宮で、侍女《じじょ》をしていたみたいで。そのときに培《つちか》った能力なのかもしれません」

「なるほどね。たしかに、選ばれて王宮に侍女をしにくる人は、敏腕《びんわん》なはずだわ。お母様は、結婚式までいらっしゃるの？」

「ええ。結婚式まで、あと半月ですからね」

クリスティーヌがなかなか帰ってこないので、リュシアンの父から連日手紙が届いている。この先ずっとアランブール伯爵家《はくしゃくけ》に居続けるのではと、心配しているようだ。

「なんだか、早かったわ。リュシアンさんとアランブール卿の結婚は、ずいぶん先だと聞いていたのが、もう来月だなんて」

「本当に、早かったです」

季節は移ろい、夏の盛りから秋にさしかかりつつある。収穫《しゅうかく》だ、結婚式の準備だと、進めている間に、約束の日が訪《おとず》れようとしていた。

「なんだか、私まですてきなドレスをいただいてしまって」

「母が手配をしたものです。お気《き》に召していただけたら、嬉しく思います」

「大切に着させていただくわ」

ロザリーの分のドレスも届いた。今頃《いまごろ》、クリスティーヌからドレスを着たときの身のこなしを習っているはずだ。ドレスも、慣れたら普段《ふだん》と同じように動き回れる。ロザリーもきっと、その技《わざ》を習得するだろう。

「結婚式、楽しみね」

「はい」

王の菜園を訪れた日には、結婚する日が訪れるとは想像もしていなかった。

リュシアンが慕《した》う男性と婚約《こんやく》でき、無事、結婚式の日を迎えようとしている。

ただ、結婚したらめでたしめでたしというわけでもない。結婚が、新たな人生のスタートでもあるのだ。

ただ、リュシアンは何も心配はしていなかった。どんな事態に巻き込まれても、コンスタンタンと力を合わせたらどんな困難も乗《の》り越《こ》えられる。

そう、信じていた。

◇◇◇

週に一度の炊《た》き出《だ》しは、現在も続けている。古井戸《ふるいど》周辺は、驚《おどろ》くほど賑わっていた。

〝菜園スープ堂〟の炊き出しの他に、食べ物を売る露店《ろてん》が出ていたり、雑貨を売る商人がきていたり、すっかり明るく楽しい場所へと変わっていた。

下町の人達へ向けた職業斡旋《あっせん》も、続いている。男性だけでなく女性にも、多くの求人があった。以前よりも、就業率は上がったという。地道な活動であったが、確実に下町を変えていった。

「〝菜園スープ堂〟の、タマネギスープと、丸パンだよー！」

アニーが元気よく、宣伝する。立ち寄るか迷っている人にも、優《やさ》しく声をかけていた。

彼女《かのじょ》は変わった。王の菜園で働く中で、生き方をよい方向へと導いたのだろう。

働きっぷりを見ていたら、アニーはもう大丈夫だと感じた。

ただ、これでよかったと言って、終わらせるつもりはなかった。アニーのように、生活に困った結果犯罪に走る者もいるだろう。

リュシアンはそういう子ども達に、手を差《さ》し伸べられる存在でありたいと考えていた。

炊き出しが終了《しゅうりょう》すれば、リュシアンは続いて茶会に出かける。

本日は、カントループ男爵令嬢《だんしやくれいじょう》に招待された。百名ほどの貴族令嬢が集まる、大規模な茶会である。ロザリーを連れ、リュシアンは茶会に臨《のぞ》んだ。

「アンお嬢様、なんだか、緊張《きんちょう》します」

「今回は、人数が多いですからね」

通常、茶会は一つのテーブルで囲める人数で行う。多くても、晩餐会用のテーブルに三十名ほど集まる程度だろう。

百名もの貴族令嬢を呼ぶ顔の広さは、社交界一かもしれない。

だが、リュシアンのように、面識がないのに招待された者達も多くいるのだろう。

「アンお嬢様、お知り合いのご令嬢はいらっしゃるのですか？」

「さあ、どうでしょう？　示し合わせて参加したわけではないので」

「そ、そうでしたか」

ロザリーは、今から肉食獣《にくしょくじゅう》の巣窟《そうくつ》に行くように思えてならないという。ソレーユを連れてくるべきだったのではと、尋《たず》ねてきたのでリュシアンは諭すように答えた。

「ロザリー、少人数のお茶会のほうが、戦いですのよ。選ばれた中の一人になるわけですから」

「な、なるほど！」

「今回は、ロザリーにもお茶会の雰囲気《ふんいき》を味わっていただこうと思って、同行してもらいました。緊張しなくても、大丈夫《だいじょうぶ》ですわ」

「アンお嬢様、さすがです！　なんだか、ホッとしました」

茶会はカントルーブ男爵家の大広間《ホール》で行われる。いくつも円卓《えんたく》があり、すでにほとんどの席が埋《う》まっていた。茶や菓子も運ばれ、皆《みな》楽しそうにお喋りしている。

「アンお嬢様、これって、席が決まっているのでしょうか？」

「そうですわね」

軽く辺りを見回す。同じテーブルに座《すわ》る者達は、楽しげに歓談《かんだん》しているように見えた。

「おそらく、親しい者同士が集まって、お話をしているようですわね」

「ひえええ。その中に入っていくのは、なかなか難しいですよお」

「ロザリー、落ち着いて。心配はいりませんわ」

それよりも、気になるのは茶会がすでに始まっていることである。リュシアンは招待状の時間ぴったりにやってきた。それなのに、既《すで》に一時間は経《た》っているような雰囲気である。

首を傾げていたら、リュシアンに接近する者がいた。

「あら、フォートリエ子爵令嬢《ししやくれいじよう》ではありませんか！」

急接近してきたのは、ブルネットの髪を優雅《ゆうが》に結っている。年頃は十五、六歳《さい》くらいか、紫《むらさき》色《いろ》の瞳《ひとみ》を持つ美しい少女だった。

相手はリュシアンを知っているようだが、リュシアンは知らない。深くおじぎをして、挨拶《あいさつ》する。

「初めてお目にかかりますわ。わたくし、フォートリエ家のリュシアンと申します」

「私は、カントルーブ家のベレニス」

彼女がリュシアンを招待した、カントルーブ男爵令嬢だったようだ。友好的な態度は一切《いっさい》なく、リュシアンを見てふっと鼻で笑っていた。

「それにしても、驚いたわ。約束の時間に遅《おく》れるなんて」

「あの、招待状のお時間ぴったりに、到着《とうちやく》したつもりですが」

「あなたの見間違《みまちが》いではなくて？」

ロザリーに持たせていた招待状を受け取り、カントルーブ男爵令嬢に見せようとした。

しかし、差し出した手は無視される。

リュシアンは気付く。自分はカントルーブ男爵令嬢から、歓迎《かんげい》されていないのだと。なぜ招待したのかという疑問はさておいて。

ここで、振る舞《ま》いを間違《まちが》ったら、リュシアンだけでなく、アランブール伯爵家にも迷惑《めいわく》をかけてしまうだろう。

動揺《どうよう》を相手に悟《さと》られてはいけない。逆境こそ、いつも以上に背筋をピンと伸ばし、堂々としておくべきだ。これは、クリスティーヌから学んだことである。

リュシアンはにっこり微笑《ほほえ》みを浮《う》かべ、どこの席に着けばいいのか問いかけた。

「あの、わたくしはどちらに、座ればよいのでしょうか？」

「別に、どこでもよろしくてよ」

「ありがとうございます」

やはり、座席は決まっていないようだ。リュシアンは前を見据《みす》え、近くにあったテーブルに近づく。ちょうど、席が二つ空いていたのだ。

「あの、こちらに座っても？」

問いかけても、誰《だれ》も返事をしない。リュシアンと目が合わないように、顔を逸《そ》らす。

カントループ男爵令嬢のほうに視線を移すと、目を眇《すが》め、状況《じょうきょう》を楽しんでいるように見えた。

リュシアンは腹をくくり、顔を上げた。まず、ロザリーを振り向《む》き、安心させるように微笑む。そして、素早くカントループ男爵令嬢へ接近し、手を握《にぎ》った。

「カントループ男爵令嬢、よろしかったら、空いている席でお話ししましょう」

「は⁉」

リュシアンは有無《うむ》を言わさず、三つ席が空いているテーブルへカントループ男爵令嬢を導いた。そして、テーブルの令嬢らに座っていいか確認《かくにん》せずに、椅子《いす》を勧《すす》める。

「カントルーブ男爵令嬢は、こちらにどうぞ」

「いや、だからなんで――」

「どうぞ！」

目力で、黙《だま》らせる。これも、クリスティーヌが使っていた技だ。

カントルーブ男爵令嬢は、リュシアンの迫力《はくりょく》に負けて、すとんと腰《こし》を下ろした。リュシアンも座り、ロザリーに目配せをして隣《となり》に腰掛《こしか》けるよう促《うなが》した。

カントルーブ男爵令嬢は、わなわなと震えていた。同じテーブルについていた令嬢達《れいじょうたち》は、ハラハラしながら見守っているように思える。

「カントルーブ男爵令嬢、具合が悪いのでしょうか？」

「あなたのせいよ‼」

「まあ、大変！　お医者様を、呼ばなくては」

「いいから、大人しくしていなさい」

立ち上がろうとしたが、腕を引かれて再び着席する。

俯《うつむ》いたまま、話そうとしない。困ったリュシアンは、率直《そっちょく》に感じたことを質問してみる。

「あの、もしかして、わたくしと、特別親しくなりたいと、思っていたのでしょうか？」

「はあ⁉」

ロイクールがそうだったのを、思い出した。リュシアンにいじわるばかりしていたので、嫌われていると決めつけていた。しかし、実際は違った。人とは違うことをして、リュシアンの気を強く引きたいだけだったのだ。

リュシアンの問いかけに、カントルーブ男爵令嬢は目を丸くしている。

「その、間違いだったら、謝罪をいたしますわ」

「そ、そうよ！　謝罪なさい！　私は、あなたとなんか、これっぽっちも仲良くなりたくなんてないわ。周囲に媚《こ》びを売るように慈善《じぜん》活動なんかしちゃって、大嫌《だいきら》いよ!!　わざと、招待状の時間を一時間遅《おそ》く書いたし、フォートリエ子爵令嬢に話しかけられても、無視するように周囲に命じていたわ！」

「あら、そうだったのですね」

驚くリュシアンは、瞬時《しゅんじ》に言葉を返す。

「わたくしのどこが悪かったのでしょうか？　直しますので、どうかご指摘《してき》ください」

「そ、そういう、いい子ぶっているところが、気に食わないの！」

「いい子ぶっている……？　少しだけ、悪い子になれば、よいのでしょうか？」

隣から、「ぶはっ！」と噴《ふ》き出し笑いが聞こえた。ロザリーである。

リュシアンはロザリーのほうを見て、眉尻《まゆじり》を下げながら問いかけた。

「ロザリー、悪い子ぶるには、どうしたらいいのでしょうか？」

「アンお嬢様、笑わせないでくださいよ」

「わたくしは、真面目に聞いているのです」

改善すると言っても、カントルーブ男爵令嬢の機嫌《きげん》は悪くなるばかりであった。どうしたものか。リュシアンが困り果てていると、一人の女性が近寄ってきた。年頃は、二十歳《はたち》前後くらいか。艶《つや》のある黒髪《くろかみ》に、色っぽい雰囲気の美人である。

「カントルーブ男爵令嬢、相手が何枚も上手なんだから、敵対なんてバカはお止めなさいな」

「放っておいてよ！」

美女はため息をつき、今度はリュシアンのほうを見て言った。

「ごめんなさいね。この子、あなたの真似《まね》をして、地方で慈善活動をしたら、大失敗してしまって。その腹いせをしているの。許してくれとは言わないわ」

「ちょっと、アリーヌ！　何を言っているのよ！」

「あなたが礼を欠いた行動をするから、代わりに謝罪しているのよ」

美女はアリーヌというらしい。リュシアンは立ち上がり、挨拶する。

「はじめまして、フォートリエ子爵家のリュシアンです」

「初めまして。ルドワイヤン商会の商会長を務める、アリーヌ・ルドワイヤンよ」

美女は貴族ではなく、国内でも上位に入る有名な商会の代表らしい。

「ここは人が多いから、向こうでお話ししましょう」

そう言って、アリーヌはリュシアンの手を引く。露台《ろだい》に出て、ガラスの扉を閉めた。

「やっぱり、会場は空気が淀《よど》んでいたのね。外は清々《すがすが》しいわ。あなたも、そう思うでしょう？」

「風が、気持ちいいですわね」

リュシアンは会話に応じながらも、どうしてこうなったのかと自問する。もちろん、答えなんて浮かんでこなかったが。

ルドワイヤン商会といえば、ドレスや宝飾品《ほうしょくひん》、日傘《ひがさ》に靴《くつ》など、女性の持ち物に特化した品物を販売《はんばい》している。店舗《てんぽ》を持たず、貴族の家を直接訪問して販売するスタイルを続けている商会だ。

リュシアンの姉の一人が、フォートリエ子爵にルドワイヤン商会と縁故《えんこ》を作ってくれと訴えていたが、難しいと返されていたのを覚えている。誰とでも取り引きするわけではなく、ルドワイヤン商会が品物を売る相手を選ぶのだ。

「どうしたの？　緊張しているの？」

「はい。ルドワイヤン商会の代表とお会いできるとは、思っていませんでしたので」

「かしこまらなくても、結構よ。私は、祖母から引き継いだ商会を、そのまま経営しているだけにすぎないから」

アリーヌはカントルーブ男爵令嬢に乞《こ》われ、茶会に参加したらしい。男爵家はビジネスパートナー的な存在で、その娘《むすめ》からの誘《さそ》いを断ることができなかったのだという。

「あの子があなたを招待していたのには、驚いたわ。しかも、あんな大勢の前で、辱《はずかし》めるような態度を取るなんて。でもまあ、社交界に出入りしていたら、日常茶飯事《にちじょうさはんじ》で行われていることよね。だからしばらくは、あなたがどう出るのか、少しだけ見学させてもらったわ」

リュシアンは無視されても途方《とほう》に暮れず、次なる行動に移した。

「まさか、一緒の席についいて、自分と親しくなりたいからしたのかと、聞くなんて、面白《おもしろ》すぎたわ」

アリーヌはリュシアンの発言を思い出したのか、腹を抱《かか》えて笑い始める。

「あげく、悪い子になる方法を聞くなんて。もう、カントルーブ男爵令嬢が気の毒になって、介入《かいにゅう》させていただいたわ」

「空気を読まない発言をしたようで、申し訳ないなと」

「いいのよ。面白かったわ」

カントルーブ男爵令嬢は、いったいどのような慈善活動をしたのか。アリーヌに問いかけてみた。

「さっきも少し話したけれど、彼女はあなたの慈善活動の噂《うわさ》を聞いて、自分もしてみようと思ったのよ。それで、北にある寒村に、毛布や食べ物を持って行ったの。ただそこは、別の国から亡命していた人達が隠れ住《す》んでいた村だったようで――」

「放っておいてほしかったのですね」

「ええ、そうなの。知らずに行って、酷《ひど》い言葉をぶつけられて。そんな中で、あなたの慈善活動が社交界で評判になっていたものだから、腹が立ってしまったみたい。あなたは何も悪くないわ。ただの、八つ当たりだから」

なんと言葉を返していいか、わからない。リュシアンの慈善活動も、一歩間違えたら同じような目に遭《あ》っていた可能性がある。

人の心に届かない慈善は、時に偽善《ぎぜん》と罵《ののし》られるのだ。

「少し時間をおいて、わたくしが悪を覚えたら、カントルーブ男爵令嬢に、お手紙を書いてみたいと思います」

「あなた、本当に面白い人ね」

「面白いだなんて、初めて言われました」

「自信を持っていいわ」

「ありがとうございます」

ここで、アリーヌとは別れる。会場に戻ったが、カントルーブ男爵令嬢の姿はなかった。

「あ、あの、フォートリエ子爵令嬢」

先ほどリュシアンを無視したテーブルの貴族令嬢が、声をかけてくる。

「よろしかったら、お茶を、ご一緒しませんか？」

リュシアンは笑顔《えがお》で返す。「喜んで」と。

謝罪を受けたあとは、普段の茶会と変わらない、和《なご》やかな雰囲気の中で茶と菓子を堪能《たんのう》した。

帰《かえ》り際《ぎわ》に、再びカントルーブ男爵令嬢が現れた。アリーヌが連れてきたらしい。気まずそうに、リュシアンをチラチラ見ていた。

「カントルーブ男爵令嬢、本日は、お招きいただき、ありがとうございました」

「ええ」

声をかけた途端《とたん》、そっぽを向かれる。

「ほら、早く謝《あやま》りなさい。そのままにしていたら、傷は広がるのよ」

アリーヌに急《せ》かされ、カントルーブ男爵令嬢はぶっきらぼうに謝罪の言葉を口にした。

「今日は、失礼な態度を取ってしまって、悪かったわね」

「いいえ。どうか、お気になさらず」

リュシアンの言葉に、少しだけホッとしたような表情を見せていた。

「それでは、また。ごきげんよう」

「ごきげんよう」

やっとのことで、茶会は終了となる。馬車に乗り込んだリュシアンは、深い安堵《あんど》の息をはいた。

「大変なお茶会でしたわ」

「本当に」

「まるで物語に出てくるような、華やかで、さまざまな思惑《おもわく》が渦巻《うずま》くものでしたわね」

「いやはや、アンお嬢様《じょうさま》、お見事な立ち回りでした」

「お母様のおかげですわ」

クリスティーヌの厳しい教育がなければ、早々に心が折れていただろう。今までの中で一番、母に感謝をした一日であった。

◇◇◇

瞬《また》く間《ま》に月日は過ぎ去る。秋野菜の収穫をしたり、新メニューを考えたり、結婚式《けっこんしき》の最終調整をしたり、招待状を送った相手からの返信を整理したり。

とにかく、目が回るほどの忙しさだった。ロザリーやソレーユ、それからクリスティーヌがいなかったら、今頃どうなっていたか。

結婚式の準備も当初のスピードで進めていたら、間に合わなかっただろう。クリスティーヌが来てくれたおかげで、なんとか結婚式と披露宴《ひろうえん》を行える。

コンスタンタンと共に作った寒玉キャベツも、立派に育っていた。結婚式前日に、コンスタンタンと収穫を行う予定である。ガーとチョーは見張りをしていると主張したいのか、ガアガア鳴いていた。

とうとう結婚式二日前となった。リュシアンは不思議な気分で目覚めた。

カーテンを広げると、晴天が広がっていた。きっと、明日もいい天気だろう。

そう思っていたのに、天気は一変する。黒い雲に覆《おお》われていたかと思えば、ポツポツと雨が降り始める。

朝の晴天はどこへいったのか。大雨が降り注いでいた。

今日はフォートリエ子爵領から、家族がくる予定だった。果たして、大丈夫なのか。心配になる。

「リュシアン、落ち着きなさい。結婚式を明後日《あさって》に控《ひか》える娘が、落ち着かない様子を見せるものではありませんよ」

「え、ええ……」

返事をした瞬間《しゅんかん》、ピカッと光る。稲光《いなびかり》だ。すぐに、ドン！　と音を立てて、雷《かみなり》が落ちた。

「ぎゃ～～～～!!」

悲鳴を上げたのは、ロザリーである。リュシアンはロザリーの叫《さけ》びに驚き、クリスティーヌにしがみついていた。

「まったく、雷ごときで、悲鳴をあげるものではありませんよ」

クリスティーヌは雷が平気なようで、平然としていた。

「お母様は、雷にも打ち勝つ修業《しゅぎょう》をなさっていたのですか？」

「そんな修業があるものですか！」

そんな話をしているうちに、コンスタンタンが家族を連れてやってきた。

皆、びしょ濡《ぬ》れで到着した。父親と四人の姉、それから弟がやってくる。

「お父様、お姉様達、それからエリク、無事なようで、何よりでした」

「無事なものですか！」

そう返したのは、長女のディアーヌだった。

リュシアンの姉達にとって雨に濡れるのは大問題らしい。挨拶もそこそこに、ロザリーが風《ふ》呂《ろ》へと案内する。

「お父様！」

「ああ、リュシアンか」

びしょ濡れのフォートリエ子爵にリュシアンは抱《だ》きつき、頬にキスをする。

「アン、濡れてしまうぞ」

「構いません。ご無事で、何よりでした」

「おかげさまでな」

それから、一つ年下の弟エリクも抱きしめる。

エリクは全寮制《ぜんりようせい》の寄宿学校に入っているため、会うのは久しぶりであった。すでに背はリュシアンよりも大きくなっている。顔つきも、大人っぽくなっていた。

「姉上、濡れると言われただろうが」

「今は、エリクをぎゅっとしたい気分なのです」

「理解できない」

思う存分、弟を抱擁《ほうよう》し、コンスタンタンに感謝の気持ちを述べた。

「コンスタンタン様、家族を案内していただき、ありがとうございました。風邪《かぜ》を引いてしまうので、どうかお着替《きが》えをなさってください」

フォートリエ子爵とエリクは、執事《しつじ》が客間へと案内する。コンスタンタンも、フォートリエ子爵家の者達がいなくなったのを確認すると着替えにいったようだ。

ホッとしたところで、リュシアンもクリスティーヌに着替えるように注意された。びしょ濡れの父と弟を抱きしめたので、服が濡れていたのだ。

「アンお嬢様、お着替えを部屋に用意しております」

「ええ」

ロザリーと共に、私室に戻《もど》ってドレスを着替えた。

「いやはや、雨に濡れても、お元気そうでしたね」

「そうですわね。ロザリー、お姉様は、どなたがいらっしゃったの？」

顔もまともに確認する間もなく、風呂に駆《か》け込んでしまったのだ。

「今日、いらっしゃっていたのは、ディアーヌ様と、デボラ様、エヴリーヌ様にジェルメール様の四名です」

「デボラお姉様は、五年ぶりくらいだわ。嬉しい」

異国に嫁《とつ》ぎ、長らく会っていなかったのだ。久しぶりの再会であったが、再会の喜びを分かち合うことなく、風呂に駆け込まれてしまった。

「皆様《みなさま》、ものすごい形相《ぎょうそう》で、お風呂に入っておりましたよ」

「雨で、お化粧《けしょう》が崩《くず》れてしまったのでしょうね」

「ええ」

姉達のこういうせっかちな部分に、血の繋がりを感じてしまうリュシアンである。

「アンお嬢様のお姉様方は、四人だけでも迫力がありますね」

「ええ。今でも、口では勝てませんわ」

リュシアンには、六名の姉がいる。彼女達《かのじょたち》は太陽のように明るく、眩《まぶ》しい。また、月のように美しく、清らかであった。リュシアンの永遠の憧《あこが》れであり、愛してならない存在である。

「他のお姉様方は、あとから来るのですか?」

「いいえ。リリアーヌお姉様は妊娠《にんしん》中で長時間の移動は難しく、参列できないかもしれないとお母様がおっしゃっていたの。ルシールお姉様は、遠くの国に嫁いでいて、宗教の決まりで一人旅は禁じられているので、厳しい状況でして」

「なるほど。そうだったのですね」

「なかなか、嫁いでしまうと、家族の行事に参加することも難しくなるようです」

リュシアンはロザリーの手を掴《つか》み、諭すように言った。

「ロザリーは、お兄様が結婚《けっこん》されるときは、休暇《きゅうか》を取って里帰りをしてもいいですからね」

「アンお嬢様、ありがとうございます。まだ、結婚する気配は、まったくなくて。本人も、結婚相手探しに躍起《やっき》になっているようで。こればっかりは頑張ってもことが上手《うま》く動くことはないので、困ったものです」

「まあ、そうでしたのね。結婚はご縁《えん》ですから、焦《あせ》ることはないですよ。わたくしも、王都へやってきましたが、結婚できるとは思っていませんでしたから」

「ですよねえ」

着替えが終わると、リュシアンはそのまま厨房《ちゅうぼう》を目指す。姉達の風呂から化粧、身支度《みじたく》にかける時間は短くても三時間である。そのため、待っている間に何か菓子でも作ろうと思ったのだ。

「せっかくですので、王の菜園の野菜を使ったお菓子がいいですよね。一年中減量がどうこう言っているお姉様達も、野菜を使った健康的なものならば、お喜びになるでしょう」

「そうですね。何を作ります？」

アランブール伯爵家では、王の菜園の野菜を積極的に買い取り、毎日の料理に使っている。いつでも使っていいと言われているので、分けてもらうのだ。

「ジャガイモにカボチャ、カブにニンジン……」

リュシアンが手に取ったのは、ジャガイモだった。

「ロザリー、このジャガイモで、スイートスープを作ります」

「スイートスープ、ですか。初めて聞きますね」

「ええ。今、思いつきましたの」

今日はよく冷える。風呂に入っても、湯冷めしてしまうだろう。体を温めるために、甘《あま》いスープを作ることにした。

「コンソメスープやポタージュは、何時間も煮込《に》んだり、アクを取ったりと、調理に時間がかかるでしょう？　ですが、甘いスープならば、その必要はありません」

まずジャガイモの皮を剥《む》いて、すり下ろす。鍋《なべ》にすり下ろしたジャガイモと水、メープルシロップを入れて、しばしコトコト煮込むのだ。

「もう一つ、材料を加えます」

リュシアンが取り出したのは、秋に作った栗の甘露煮《マロングラッセ》。細かく刻んで、鍋に入れる。

「ジャガイモに火が通ったら、ミルクを入れてさらに煮込みます」

最後に、塩をひとつまみ入れたら、ジャガイモのスイートスープの完成だ。リュシアンとロザリーは、スプーンに掬《すく》って味見をしてみる。

「あー、アンお嬢様、これ、天才的においしいです」

「よかったですわ。お姉様達も、気に入ってくれるといいのですが」

「大絶賛以外、できないと思います」

続けてもうひと品、菓子を作る。リュシアンが手に取った野菜は、ニンジンであった。

「今度は、何を作るのですか？」

「ニンジンの、ナッツクラム焼きを作ります」

まず、ニンジンの皮を剥き、まるごと蒸《む》す。

「しっかり火が通ったら、ニンジンを潰《つぶ》します」

潰したニンジンに、バター、ミルク、バニラビーンズを加えてしっかり混ぜる。

「ニンジン自体がものすごく甘いので、お砂糖は不要です」

なめらかになったら、耐熱《たいねつ》の器《うつわ》に入れる。続いて、リュシアンが取り出したのは、秋に収穫して、加工しておいたクルミであった。

「こちらのクルミを、清潔《せいけつ》な布にくるんで、めん棒で叩《たた》きます」

ゴン、ゴン、ゴンと、調理しているとは思えない音が、厨房に鳴《な》り響《ひび》く。

「よしっと。こんな感じでしょうか」

細かく砕《くだ》いたくるみを、先ほどの耐熱の器に入れたニンジンの上から散らし、かまどで焼き色が付くまで焼く。十五分加熱すると、ニンジンのナッツクラム焼きが完成した。

「アンお嬢様、お姉様方が、そろそろ身支度を終えるそうです」

「あら、意外と早かったですわね」

まだ二時間も経っていないだろう。リュシアンは焼きたてのニンジンのナッツクラム焼きを切り、皿に取り分けていく。ジャガイモのスイートスープも温め直し、飲みやすいようカップに注いだ。

甘い物ばかりだと物足りないだろうと思い、塩で炒《い》ったアーモンドも用意しておく。

ワゴンに置いて、応接間《ドローイングルーム》に戻った。

リュシアンの姉達の声が、廊下《ろうか》にまで響き渡《わた》っている。女が三人集まると姦《かしま》しいと言うが、まさにその通りになっているようだ。

「お姉様達、なんだか盛り上がっていますね」

「久しぶりですので、積もる話もあるのでしょう」

リュシアンもきっと、質問攻《ぜ》めにされるだろう。そんなことを考えつつ、応接間の扉《とびら》を開いた。すると、信じられない光景を目の当《まあ》たりにする。

「やだ、古代の絵画になっていそうな、典型的な騎士《きし》様だわ！」

「こんな絶滅危惧種《ぜつめつきぐしゅ》な男が、イマドキいたのねえ」

「リュシアンったら、どこで見つけてきたのかしら？」

「古い絵本の中から、召喚《しょうかん》したのではなくて？」

四人の姉達が、コンスタンタンを囲んで観察するように見つめていたのだ。

囲まれたコンスタンタンは、死んだ目をしている。もう、なんとでも言ってくれ。そんな諦《あきら》めの境地《きょうち》にも見える瞳は、虚空《こくう》をぼんやり眺《なが》めているように見えた。

「お、お姉様方〜〜〜〜!!」

リュシアンはワゴンを放置し、慌《あわ》てて駆け寄《よ》る。そして、コンスタンタンの傍《そば》から引《ひ》き剥《は》がした。

「あら、リュシアン、お久しぶりね」

「何、嫉妬《しっと》？」

「大丈夫よ、あなたの婚約者《こんやくしゃ》を、取らないわ」

「あなたに相応《ふさわ》しい相手か、見ていただけですわ」

別に、嫉妬《しっと》をしていたわけではなかった。不躾《ぶしつけ》な発言と視線を向けるのを、咎《とが》めたかっただけだと主張しておく。

「コンスタンタン様、お姉様達のこと、申し訳ありませんでした」

「いや、私は大丈夫だ。姉君達と、ゆっくり話をするといい」

「ありがとうございます」

コンスタンタンからの許可が下りたので、リュシアンは姉達に飛びついた。

「お姉様――!!」

一人一人、抱きしめる。ディアーヌは力一杯《ちからいっぱい》リュシアンを抱き返し、デボラは優しく背中をぽんぽん叩いてくれる。エヴリーヌは頬にキスし、ジェルメールは頭を撫《な》でてくれた。

「リュシアン、結婚おめでとう」

「悪い男に捕《つか》まったのではと思って、心配していたの」

「すてきなお方と、結婚できるのね」

「本当に、ホッとしました」

「ディアーヌお姉様、デボラお姉様、エヴリーヌお姉様に、ジュメールお姉様、心から、嬉《うれ》しく思います」

そして、やっとコンスタンタンの紹介《しょうかい》をする。

「お姉様方、こちらが、わたくしの婚約者である、コンスタンタン様ですわ」

皆、姉の顔から、貴族女性の顔に戻る。笑顔で、コンスタンタンに挨拶していた。

「すてきなお方ね。リュシアンを選んでくれるなんて、なかなか見る目があるわ」

「本当に」

「リュシアンのこと、よろしく頼《たの》むわね」

「裏切ったら、地の果てまで追いかけますので」

だんだんと、姉達の目が怖《こわ》くなる。何か、話題を逸らさなければ。ロザリーがワゴンを押《お》してくるのを見て、リュシアンはハッとなる。

「そ、そうでした。わたくし、お姉様達のために、王の菜園の野菜を使って、お菓子《かし》を作りましたの！」

「アン、あなた、ここにきてもそんなことをしていたのね」

貴族令嬢は料理なんてしない。使用人の仕事である。その認識《にんしき》が普通《ふつう》だ。けれど、リュシアンの姉達は、彼女が作った菓子がおいしいことを知っている。

「さあ、何を作ったの？」

「紹介していただける？」

「アンのお菓子も、久しぶりね」

「せっかく作ったのだから、いただきましょう」

なんだかんだと言って、リュシアンの菓子を認めているのだ。相変わらずだと思いながら、菓子を配っていく。

「お父様と、お母様、エリクは？」

「お父様とお母様は、アランブール伯爵《はくしゃく》に挨拶に行ったわ。エリクはお風呂」

「そうだったのですね」

三人の分は、別に取っておく。ひとまず、姉達やコンスタンタンは食べることにした。

「カップにあるのは、ジャガイモのスイートスープです。もう一つは、ニンジンのナッツクラム焼き。共に、野菜を使った砂糖不使用のお菓子ですわ」

「へえ、なかなかおいしそうじゃない」

ドキドキしながら、皆が食べる様子を見守る。姉達は、揃《そろ》ってハッと目を見張っているように思えた。

「アン、これ、おいしいわ！」

「甘いけれど、さっぱりしていて、くどくないのね」

「刻んで入れたマロンが、いいアクセントになっているわ」

「甘いスープも、おいしいですわね」

口に合ったようで、ホッと胸をなで下ろす。コンスタンタンも、おいしかったようで口元がほころんでいた。続いて、ニンジンのナッツクラム焼きを食べる。

「ニンジンが、クリームのようになめらかだわ」

「砂糖不使用なんて、嘘《うそ》みたい。これが、ニンジン本来の甘さだなんて！」

「ナッツの香《こう》ばしい風味と、ザクザクとした食感がニンジンに合うわね」

「ニンジンはあまり得意ではないのですが、これならば、食べられます」

皆、口々においしいと言う。この瞬間が、リュシアンにとって何よりも幸せなのだ。

コンスタンタンは気を利《き》かせて、「姉妹でゆっくりするといい」と言い、去って行った。

「ちょっと、脅《おど》かしすぎたかしら？」

「小腹が空《す》いていたのよね」

「砂糖不使用っていうのも、魅力的《みりょくてき》ね」

「いただきましょう」

「いいえ、ディアーヌお姉様、過剰《かじょう》なくらい言っておかないと、夫はすぐに別の女性に目移りするのよ」

「そういう男性が多いってだけで、一途《いちず》な男性もいると思うけれど」

「あのお方は、一途そうに見えたけれど、結婚したら変わるタイプもいますからね」

「お姉様方……」

やはり、姉達はコンスタンタンを脅していたようだ。気の毒すぎて、今すぐにでも謝りに行きたい。ただ、ここからの脱出《だっしゅつ》は極《きわ》めて困難だろう。

「アン、アランブール卿《きょう》とは、どんな出会いだったの？」

「もしかして、アランブール伯爵家《はくしゃくけ》の嫡男《ちゃくなん》だと知らずに、夜会で一目《ひとめ》惚《ぼ》れをしたとか？」

「それとも、カッコよく剣《けん》の稽古《けいこ》をしている時に、出会ったの？」

「騎士らしく、助けていただいたとか？」

リュシアンは首を横に振《ふ》り、どれも違《ちが》うと否定した。なれそめを話すのは恥《は》ずかしいが、コンスタンタンについて知ってもらう必要があるだろう。リュシアンは照れながら話す。

「コンスタンタン様との出会いは、わたくしが野ウサギを追いかけているときに、偶然《ぐうぜん》王の菜園で出会ったのです」

火照《ほて》る頬《ほお》を指先で冷やしながら答えたリュシアンであったが、姉達の温度は下がっているようだった。

「なんで、野ウサギを追いかけていたのよ」

「畑の中で出会うなんて、ロマンチックさの欠片《かけら》もないわ」

「もう、どこからおかしいと言っていいのか、わからないわ」

「劇的な出会いかと思ったら、なんだか地味ですわね」

リュシアンから恋愛結婚《れんあいけっこん》だと聞き、いろいろと甘美《かんび》で情熱的な話を期待していたようだ。

「だったらいつ、好きになったの?」

「畑で一目惚れ、というわけではないわよね?」

「燃えるような瞬間が、あったのでしょう?」

「気になりますわ」

いつ、好きになったか。思い出そうとしたけれど、これといった瞬間はないように思えた。

リュシアンはコンスタンタンへの幾重《いくえ》にも重なる好意を、ゆっくり紐解《ひもと》いていく。

「コンスタンタン様のお言葉の一つ一つや、仕草、行動、他人へ接している姿を日々拝見し、気がついたときには、恋《こい》をして、いつしか愛になり、今でも深くお慕《した》いしております」

リュシアンの恋の話に、姉達はポカンとしている。

「そんなことってある?」

「もっと、苛烈《かれつ》なものだと思っていたわ」

「本当の恋って、そういうものなのかしら?」

「夫とは政略結婚だったから、よくわかりませんわ」

恋の形も、愛の形も、人それぞれだろう。一つとして、同じものはないとリュシアンは思っている。だが、その考えを姉達に押しつけるつもりは毛頭なかった。

「コンスタンタン様と出会い、野菜を育てるように恋が芽吹《めぶ》き、愛が実りました。太陽のように情熱的でもなければ、月のように美しいものでもないのかもしれません。ですが、この気持ちは、生涯《しょうがい》大事にしたいと、考えております」

「そうよね。ごめんなさいね。勝手に期待して、落胆《らくたん》するなんて」

「失礼だったわ」

「恋愛結婚と聞いて、羨《うらや》ましい気持ちがあったのかもしれないわね」

「それは、言えていますわ」

ただ、リュシアンに対する気持ちは複雑で、コンスタンタンに取られて悔《くや》しいという思いもあったという。

「だって、毎日畑に入《い》り浸《びた》って、泥《どろ》だらけになっていたアンが、花嫁《はなよめ》になるなんて想像もしていなかったわ」

「変わっていないだろうと思ったけれど、きれいになっていて、驚《おどろ》いたのよね」

「結婚相手が変な男だったら、つるし上げの刑《けい》にしようと思っていたの」

「でも、残念ながら、すてきな人だったわ」

なんて恐《おそ》ろしい計画を立てていたのか。リュシアンは内心、戦々恐々《せんせんきょうきょう》とする。

「最初は、私達の知っているアンではないのではと心配していたわ」

「でも、この手作りのお菓子を食べて、アンは変わっていないと確信したの」

「悪気は、あったかもしれないけれど、今は反省しているわ」

「私達を、許していただけます？」

リュシアンはこくりと頷《うなず》いた。

姉達の愛は、これでもかと伝わっている。それゆえに、いろいろ言ってしまうのだろう。

再会してから一時間と経《た》っていないのに、ずいぶん長時間話したような気になる。

口を挟《はさ》む瞬間もないくらい、たたみかけるように話をする様子は、前と変わらず。六人全員揃ったら、リュシアンは一言も言葉を発することはできない。これに母クリスティーヌが加わったら、混沌《こんとん》と化する。

姉が四人いるだけでも、十分賑《にぎ》やかで、収拾《しゅうしゅう》がつかない様子ではあるが。そんな中で、清涼《せいりょう》剤《ざい》とも言えるエリクがやってきた。

「エリク！　お菓子を、作りましたの。今、温めてきますからね」

弟を一人残し、リュシアンはロザリーと共に厨房へ駆け込んだ。

「アンお嬢様のお姉様方、迫力ありましたねえ」

「ええ。年々、圧が強くなっているような気がします」

「最終的に、クリスティーヌ様みたいになるのでしょうか？」

「おそらく、姉達の最終形態は、間違いなく母でしょう」

「クリスティーヌ様が六名に増えるんですね」

「七人目にならないよう、わたくしは自我《じが》を保ちたいです」

「アンお嬢様ったら！」

そんな会話をしつつ、菓子を用意する。

「早く戻りませんと、エリクが白目を剥いているかもしれません」

「狼《おおかみ》の群れに、子羊を放すようなものですからね」

「ロザリー、急ぎましょう」

「はい！」

応接間に残した子羊《エリク》は、すでに狼の群《あねたち》れにもみくちゃにされ、白目を剥いていた。

「ねえ、寄宿学校に、美形の好敵手《ライバル》とかできたの？」

「嫉妬したり、妬《ねた》んだりしている？」

「女性との出会いはあるの？」

「恥ずかしがっていないで、お話しなさいな」

またしても、リュシアンは姉達に駆け寄って、エリクから引き離《はな》した。

「あら、アン、早かったわね」

「何、嫉妬？」

「大丈夫《だいじょうぶ》よ、あなたの可愛《かわい》いエリクを、取らないわ」

「寄宿学校できちんと暮らしているか、聞いていただけですわ」

エリクを守れるのは、リュシアンしかいない。隣に腰掛け、姉達の質問攻めから遠ざける。

そうこうしているうちに、リュシアンの両親が戻ってきた。久しぶりに、家族のほとんどが揃う。

懐《なつ》かしい気持ちがこみ上げ、リュシアンは幸せな気持ちで心が満たされた。

◇◇◇

まだ昼過ぎだというのに、空は暗い。雨もだんだんと強くなりつつある。

悪天候の中、ドニとゾエを始めとするドラン紹介の面々が結婚式に必要な品物を届けてくれた。ドニ曰《いわ》く、雨や風は時間が経つにつれて強くなっていると。

皆《みな》、天候が気になるからか、応接間に集まっている。会話もなく、不安げに窓を眺めていた。

リュシアンは窓の向こう側にある、王の菜園を眺める。

「アン嬢《じょう》、窓の近くは冷える。暖炉《だんろ》の近くで、体を温めたほうがいい」

「え、ええ」

コンスタンタンはリュシアンの肩《かた》を抱き寄せ、暖炉の近くに置いた椅子《いす》に座《すわ》らせる。

ロザリーが何か温かいものを淹《い》れてこようかと聞いてきても、首を横に振って応じることしかできなかった。

思いがけない大雨に、王の菜園の野菜は少なからずダメージを受けているだろう。

農業従事者が心を込めて育てた野菜を思うと、胸が締《し》め付《つ》けられてしまう。

もちろん、雨の対策はしっかり行っている。リュシアンがここにきたとき、一番に指導した。

効果的な雨の排水《はいすい》対策は、畝《うね》を高く作ること。土を高く盛ると、水はけがよくなる。

畑の周囲に、排水用の溝《みぞ》も作っている。

だがこの勢いの雨では、畝と畝の間に水たまりができて、まともに排水なんてされないだろう。

そんな状況《じようきよう》で、もっともリュシアンが心配なのは、コンスタンタンと一緒《いつしよ》に作った寒玉キャベツである。

キャベツはこの雨の中、泥に呑《の》み込まれてしまいそうだった。

寒玉キャベツについて考えると、眦《まなじり》に涙《なみだ》が浮《う》かぶ。コンスタンタンと力を合わせて作った、初めての野菜である。農業従事者も、雑草抜《ぬ》きをしてくれたり、水やりを手伝ってくれたりした。野菜サロンのメンバーも、寒玉キャベツの成長を嬉しそうに話し、披露宴の当日にサラダ作りを手伝いたいと声をかけてくれる者もいた。

あの寒玉キャベツにはコンスタンタンやリュシアンだけでなく、たくさんの人達の想《おも》いが詰《つ》まっている。

この雨で、ダメになってしまったら、どんな顔をして結婚式に臨《のぞ》めばいいものか。

ガタン！　と、窓枠《まどわく》が揺《ゆ》れた。ビュウビュウと、強い風の音が屋敷《やしき》の中まで聞こえてくる。

リュシアンは気付く。これは、ただの大雨ではない。嵐《あらし》がきているのだろうと。

「寒玉キャベツを、採りに、行きませんと」

「アン嬢？」

「このままでは、ダメになってしまいます！」

踵《きびす》を返し、一歩踏《ふ》み出《だ》そうとした瞬間、ぐっと腕《うで》を掴まれる。

振り返《かえ》ると、コンスタンタンが険しい表情でリュシアンを見つめていた。

「アン嬢、いけない。こんな中で、外に行くなんて」

「ですが、寒玉キャベツが、泥にまみれてしまいます」

「それは、とても残念なことだ。しかし、だからといって、この大雨の中、畑の様子を見に行くのは許可できない」

「ですが――!!」

自分でも驚くくらい、大きな声を出してしまった。同時に、コンスタンタンが今までにないほど、怒《おこ》っているのに気付く。リュシアンはサーッと、熱が引いていくのを感じた。

コンスタンタンは強く握《にぎ》っていた手を放し、リュシアンを椅子に優《やさ》しく誘《いざな》う。そして、片膝《かたひざ》をついて、諭《さと》すように話しかけてきた。

「この強風の中、外に行くのがどれだけ危険か、わからないアン嬢ではないだろう？」

「ご、ごめんなさい……わたくし、勝手なことを、しようとしておりました」

コンスタンタンはもう、怒った顔をしていない。リュシアンが自身の愚《おろ》かな行動を、反省したからだろう。

危険なのは、自分自身だけではない。

雨で土壌《どじょう》が多湿《たしつ》状態になると、病気が発生しやすくなる。そんな状態で畑に足を踏み入れることは、大変危険なのだ。

というのも、土壌が過湿状態になると、根が地上の空気を求めて浮き出《で》てくる。それを、人が踏んで傷つけた場合、そこから病気になりやすい。

根をダメにしてしまうと、その野菜は死んでしまう。

冷静さを失い、畑の野菜に危害を加えそうになっていた。リュシアンは自らの肩を抱き、ガタガタと震《ふる》える。

「本当に、申し訳ありません」

コンスタンタンだけでなく、家族からのいたたまれない視線が集まっていた。軽率《けいそつ》な発言と、行動をするところだったと、今一度反省の意を示す。

しょんぼりしていたら、廊下からソレーユの声が聞こえてきた。

「信じられないわ！　そんな無理をするなんて！」

声がだんだん近づいてくる。

「報告はあとでいいから、まずはお風呂に入りなさい！」

誰《だれ》かがやってきたのだろうか。リュシアンは首を傾《かし》げながら、扉のほうを見つめる。

「もう、本当に、呆《あき》れたわ！」

扉が開かれる。そこには、びしょ濡れになったアニーの姿があった。ガーとチョーもいて、リュシアンに甘えるようにクワクワと鳴いている。リュシアンは弾《はじ》かれるように立ち上がり、アニーやガーとチョーのもとへと駆けた。

「アニーさん、どうしたのですか？」

「これを、渡したくて！」

リュシアンの目の前に、大きなキャベツが差し出される。その見た目と、葉の艶《つや》には覚えがあった。

「もしかして、これは、寒玉キャベツ、ですの？」

「そう！」

「どうして？」

「みんなが、コンスタンタン様とリュシアン様の寒玉キャベツが、雨でダメになるっていうから、採りに行ったの。披露宴のときに出す、大切なキャベツなんでしょう？　全部収穫《しゅうかく》して、ワゴンに積んで持ってきた」

「ああ、なんてことを――」

リュシアンはアニーをぎゅっと抱きしめる。強風と大雨が降る中で、コンスタンタンとリュシアンのために寒玉キャベツを収穫してくれたらしい。

「あの、あたしが一人でしたわけじゃなくて、農業従事者のおじさんや、野菜サロンのおばちゃん達も手伝ってくれたんだ」

ワゴンも一緒に引いてきたようだが、アランブール伯爵邸《はくしゃくてい》に入る前に帰ってしまったらしい。

本来ならば、危険だと叱《しか》る場面だろう。けれど、リュシアンはアニーを怒ることはできなかった。

この強風と大雨の中、畑に入るのはさぞかし怖かっただろう。それなのに、収穫しただけでなく、アランブール伯爵邸まで運んでくれた。

今は頑張《がんば》りを、勇気を称《たた》えたい。

「アニーさん、本当に、ありがとうございます。ガーと、チョーも」

「いいって――はっくしゅん!!」

「ま、まあ！　お風呂に、入りませんと」

ソレーユと共に、アニーを風呂場《ふろば》に連れて行く。湯を沸《わ》かし、浴槽《よくそう》にじっくり浸《つ》からせた。

ガーとチョーは、ロザリーがタオルで水分を拭《ぬぐ》ってくれた。

その後、アニーはパンとスープを食べ、疲《つか》れたのかぐっすり眠《ねむ》ってしまった。

「アニーには、私がついているから、リュシアンさんはご家族と過ごしてもらってけっこうよ」

「ソレーユさん、ありがとうございます」

言葉に甘え、アニーはソレーユに任せる。リュシアンはまず、応接間に戻った。

皆、驚いただろう。リュシアンは寒玉キャベツのことしか頭になく、暴走しかけた。コンスタンタンにも、改めて謝らないといけない。

応接間に戻ると、両親と四人の姉がコンスタンタンの周囲に集まり、励《はげ》ましていた。

「アンはさっぱりしている性格だから、気にしちゃいない」

「そうですよ。通りかかった牛に野菜を取られて大号泣していたときだって、一時間経ったらケロッとしていたくらいですから」

フォートリエ子爵《ししゃく》とクリスティーヌが、コンスタンタンに言葉をかける。続けて、四人の姉が次々と励ましていた。

「アンは、基本真面目《まじめ》だけれど、驚くほど前向きなのよ」

「そうそう。さっきのことだって、自分が悪いとわかっているはずだわ」

「きっと、アランブール卿に謝《あやま》りにくると思うの」

「そうですわ。アンは、必ず謝りにくる。この、アンティークの指輪を賭《か》けてもよろしくってよ」

リュシアンはギョッとしつつも、家族とコンスタンタンの間に割って入り、引き離した。

「お父様、お母様、お姉様方、コンスタンタン様の周囲に集まるのは、お止《や》めくださいまし！コンスタンタン様がお困りでしょう？」

困らせていたのではなく、励ましていた。皆、あっけらかんと言う。

なぜ放っていたのかと、エリクを振り返った。

「姉上、私にこの圧が強い家族をどうこうするのは、とても難しい」

「エリク……」

たしかに、と思ってしまったリュシアンであった。

ひとまず、コンスタンタンを応接間から連れ出すことに成功させた。

「コンスタンタン様、家族が、申し訳ありませんでした」

「いや、気にするな」

今日一日で、コンスタンタンは何度ももみくちゃにされていた。ひたすら、申し訳なく思う。

「それよりも、寒玉キャベツをここに運んでくれたのだろう？　見に行こう」

「はい！」

寒玉キャベツは、手押《ておし》車《ぐるま》から木箱へ移されていた。食料品を保管する倉庫に持ち込まれ、保管されている。

扉を開くと、ガーとチョーの姿を発見した。

「あら、ガーとチョー、そこで、何をしていますの？」

「寒玉キャベツを、守っていたのかもしれない」

コンスタンタンの言葉に、リュシアンは「そういうことですのね」と返す。

食材に勘違《かんちが》いされないように、首から〝食材ではありません〟という札をかけておかなくては。そんなことを考えつつ、寒玉キャベツを探す。

明後日が結婚式《けっこんしき》及《およ》び披露宴のため、倉庫は食品だらけだった。だが、リュシアンはすぐに、寒玉キャベツを発見した。

「コンスタンタン様、あちらにございます」

「ああ、あれか」

数にして、三十玉くらいか。嵐のような風と雨の中、アニーを始めとする野菜サロンのメンバーと、農業従事者が代わりに収穫してくれた。いくら感謝しても、し尽《つ》くせない。

運ばれたあと、厨房の料理人が雨粒《あまつぶ》を拭《ふ》き取《と》ってくれたようだ。きれいな状態で、箱に収まっている。

「コンスタンタン様、これが、わたくしたちの、寒玉キャベツです」

リュシアンが差し出すと、コンスタンタンは我《わ》が子《こ》を抱くように受け取った。

「重たいな。葉が、詰まっているのだろう」

「ええ。大きく育ってくれました」

もう、ダメかと思った。そんな寒玉キャベツは、完璧《かんぺき》な状態でここにある。

「この寒玉キャベツを使って作る王の菜園サラダは、きっとおいしいだろう」

「はい！　わたくし達の愛情だけでなく、みなさんの温かい気持ちも、こもっていますので」

安心して、結婚式《けっこんしき》当日を迎《むか》えられそうだった。


強風と大雨は、嵐にならずに通り過ぎていった。翌日は、驚くほどの晴天である。

まず、リュシアンは寒玉キャベツについての感謝の気持ちを、伝えて回った。

皆、コンスタンタンとリュシアンが大事に育てていた野菜だと知っていて、雨が強くなったタイミングで「もしかしたら、浸水《しんすい》するかもしれない」と危惧し、収穫に行ってくれたらしい。

事実、寒玉キャベツを育てていた排水用の溝がない畑は、浸水していた。泥水《どろみず》に呑み込まれていたら、キャベツは一晩のうちにダメになっていただろう。

おかげさまで、披露宴《ひろうえん》で王の菜園のサラダを振る舞《ま》える。なんて幸せなことかと、リュシアンは噛《か》みしめていた。

あれだけ多くの雨が降ったにもかかわらず、浸水状態の野菜はなかった。リュシアンが行っていた排水工事のおかげだろうと、農業従事者は口を揃えて言う。

褒《ほ》められて喜んでいる暇《ひま》はなかった。

リュシアンはすぐに助言する。雨でグズグズになった畑には入らないほうがいいと。それから、収穫できる野菜は、なるべく早く採ったほうがいいとも。

土壌が過湿状態になると、病気になりやすい。せっかく実った野菜も、腐《くさ》り落ちてしまう可能性があるからだ。

結婚式前日だというのに、リュシアンは畑に入っていた。人手が一人でも必要なのだ。

昨晩、大雨で帰れなかったドニやゾエも、泊《と》めてもらった礼だと言って野菜の収穫を手伝ってくれる。

それだけではなく、リュシアンの両親とエリクまでも畑にやってきて、農作業を手伝ってくれた。

ちなみに、四名の姉達は、傘《かさ》を差して遠巻きに見るだけである。あれが、正しい貴族女性の姿なのだろう。

泥だらけになりながら、野菜の収穫を行う。

採れたての野菜は国王のもとへと運ばれたり、市場で売り出すために出荷《しゅっか》されたり、〝菜園スープ堂〟の食料庫へ運ばれたり。

王の菜園では、無駄《むだ》な野菜は一つとしてなくなった。すべての野菜が誰かの胃に収まり、活力となる。それはとても喜ばしいことであった。

リュシアンが理想に思っていた王の菜園が、今、ここにある。皆が皆、仕事に誇《ほこ》りを持って働いていた。

◇◇◇

ようやく、結婚式の当日を迎えた。リュシアンは朝から、〝菜園スープ堂〟の厨房に立っている。王の菜園サラダの仕込みを行っているのだ。

冬採れキャベツは、熱を加えることによって甘さを増す。そのため、千切りにしたキャベツはさっと湯通しされ、キンキンに冷たい水で冷やす。すると、食感がよくなるのだ。

野菜サロンのメンバーは、無の境地でキャベツの千切りを行っていた。キャベツを加熱するのは、ソレーユである。きっちり時間を計り、キャベツを湯に通す。職人のごとく湯切りするのは、ロザリーの仕事であった。

リュシアンは、特製のドレッシングを作っている。夏はオレンジのドレッシング、秋は南瓜《かぼちゃ》のドレッシングと、王の菜園サラダは季節によってドレッシングが替わっていた。

冬のドレッシングに使うのは、ニンジンである。

ニンジンのドレッシングも、試行錯誤《しこうさくご》の末に生まれたものである。色鮮《いろあざ》やかな、橙色《だいだいいろ》に仕上がるのだ。

まず、ニンジンを生のままひたすらする。これが、地味にきつい。アランブール伯爵家の料理人の手を借りながら、参列者全員分のドレッシングを作るのだ。

続いて、すったニンジンにオリーブオイル、酢《す》、塩コショウを入れてよく混ぜる。

バタバタと忙《いそが》しくする厨房に、クリスティーヌがやってきた。

「リュシアン！　そろそろ、準備をしますよ」

「えっと、あと少し、待っていただけますか？」

「待てるわけがないでしょう！」

クリスティーヌはずんずんと厨房に入り、リュシアンの腕を引く。ロザリーにも、一緒に戻《もど》るように声を掛《か》けた。

「みなさん、あとは頼みましたよ！」

「あの、よろしくお願いいたします」

嵐のように、〝菜園スープ堂〟をあとにすることとなった。

本日の予定は、三時過ぎから神父を呼んで結婚式を執《と》り行《おこな》う。その後、披露宴に移るのだ。

招待客は、百名ほど。親しい者達だけを、呼んでいる。豪華《ごうか》絢爛《けんらん》とは言えないが、可能な限り楽しんでもらう予定だ。

披露宴では、王の菜園の野菜を使った料理が、立食形式で振る舞われる。

前菜コーナーには、王の菜園サラダが置かれている。他に、カボチャのポタージュ、カブと豚肉《ぶたにく》のスープ、キノコのテリーヌ、ほうれん草のグラタン、ひき肉とタマネギのチーズオムレツがある。

メインのコーナーには、牛肉の赤ワイン煮込みに山盛りのマッシュポテトが添《そ》えられたものや、タマネギやニンジンを詰めた鶏《にわとり》の丸焼き、王の菜園で作ったハーブをたっぷり使った舌平目のソテー、クリームサーモンパイ。

デザートコーナーには、ニンジンのクレームブリュレにキャラメルの風味を利かせたタルトタタン、カボチャのスフレケーキ、温室育ちのレモンを使ったソルベなど。

前日から、アランブール伯爵家の料理人が心を込めて作った料理の数々である。

メニューはすべて、リュシアンが料理長と話し合って決めた。

酒も、シャンパーニュ地方のワインから、地方から取り寄せた貴腐《きふ》ワイン、じっくり熟成されたワインなど、銘柄《めいがら》も豊富に用意していた。ワイン以外にも、ウィスキーにブランデー、シードルにビールなども揃えている。

結婚式と披露宴の準備は万全《ばんぜん》だ。そんな話を、クリスティーヌから聞く。

リュシアンはというと、身支度《みじたく》で忙しかった。正確に言えば、忙しくしているのはクリスティーヌの侍女《じじょ》であるが。

慣れた手つきでリュシアンの髪《かみ》を梳《くしけず》り、爪《つめ》を磨《みが》き、化粧《けしょう》を施《ほどこ》してくれる。リュシアンができることは、身じろがずにジッとしていることくらい。

同時に、ロザリーも美しく着飾《きかざ》るよう侍女が派遣《はけん》されていた。

「うひゃー！　じ、自分で、できますからー！　あは、あははは、くすぐったい！」

クリスティーヌの侍女は、問答無用でロザリーの身支度を行う。職人の仕事だと、リュシアンは内心思っていた。

一時間半ほど経ったあと、侍女が軽食を持ってきてくれた。キュウリのサンドイッチと、スープ、温室イチゴである。リュシアンはパクパクと、食べていた。

「ロザリーも、食べてください」

「いや、私は、コルセットが苦しくて、それどころでは」

「まあ！　どなたか、ロザリーのコルセットの紐《ひも》を、緩《ゆる》めていただける？」

侍女がロザリーのコルセットの紐を解くと、「は――――」と深いため息をついていた。

「アンお嬢様《じょうさま》、よく平気ですね」

「慣れ、でしょうか。わたくしも、実家であった晩餐会《ばんさんかい》のときに、初めてコルセットを着けたのですが、まったく食べられなくって」

「アンお嬢様にも、食べられないときがあったのですね」

「ええ」

ドレスを着て参加するような催《もよお》しは、体力勝負である。しっかり食べていないと、倒《たお》れてしまうのだ。病弱な女性を演出するために、あえて食べない者もいるというが、空腹のあまりお腹の音がなったときはどうするのか。リュシアンは気になってしまう。

クリスティーヌが戻ってきて、軽食をきちんと食べたか確認《かくにん》された。

「あら、食べられたのですね」

「はい！　キュウリはシャキシャキで、スープは体が温まり、イチゴは甘《あま》くておいしかったですわ」

リュシアンの言葉を聞いて、クリスティーヌは目を見張る。

「驚きました。料理を味わう余裕《よゆう》があるとは。私の結婚式当日は、緊張《きんちょう》してオレンジの一切れすら、食べることができなかったのに」

「お母様は、意外と繊細《せんさい》でしたのね」

「意外とはなんですか！」

「申し訳ございません」

食事が済んだら、仕上げに取りかかる。婚礼《こんれい》衣装に袖《そで》を通し、真珠《しんじゅ》の首飾《くびかざ》りを下げる。美しく髪が結《ゆ》われるのと同時に、化粧が施された。

なんだか、自分が自分ではないような気分になってくる。

最後に運ばれたのは、生花を使った白薔薇《しろばら》のベールであった。ソレーユとアニーが、手押し車に載《の》せて持ってきてくれたのだ。

「まあ！　なんて、美しいのでしょうか！」

野菜サロンのメンバーで作った、手作りのベールである。

「みんなで力を合わせて、作ったのよ」

「婚礼衣装には、白い薔薇が合うと思って、選んだの」

「嬉しいです。ありがとうございます」

リュシアンの結った髪に、ベールが取り付けられる。白薔薇のかぐわしい香《かお》りが、鼻孔《びこう》をくすぐる。

「とても、いい香りですね」

「もちろんよ。特別に買い付けた、とっておきの白薔薇だもの」

冬に咲《さ》く薔薇は、大変貴重である。リュシアンは感激のあまり、涙ぐんだ。

「リュシアンさん、泣いたらダメよ。お化粧が崩《くず》れちゃうから」

「うう……はい！」

我慢《がまん》しようと思えば思うほど、涙がこみ上げてくる。

ここでソレーユが、クリスティーヌの腕を引いてリュシアンの前へと連れてきた。厳しい母親の顔を見ていると、背筋が自然と伸《の》びて涙も引っ込む。不思議なものだと思った。

「クリスティーヌ様、リュシアンさん、とってもきれいでしょう?」

「ええ、そうですね。我が娘《むすめ》ながら、きれいです」

コンスタンタンの母カトリーヌの婚礼衣装をまとい、クリスティーヌの真珠の一揃《パリュール》えを身に着け、野菜サロンのメンバーが贈《おく》ってくれた白薔薇のベールを被《かぶ》って結婚式に挑《いど》む。

たくさんの人達《たち》の愛が詰まっているようで、リュシアンは誇らしい気持ちになった。

結婚式は、アランブール伯爵家の玄関《げんかん》で行われる。大きなステンドグラスがあり、教会に似た雰囲気《ふんいき》があるのだ。

階段の前に祭壇《さいだん》が置かれ、赤い絨毯《じゅうたん》が敷かれている。すでに、参列者は待機しているらしい。

ロザリーの身支度も無事終わった。ソレーユも、リュシアンが贈ったエメラルドグリーンのドレスをまとっている。

「そろそろ、時間ですね」

「ええ」

「リュシアン」

クリスティーヌはいつになく、真剣《しんけん》な声色《こわいろ》で話しかけてくる。

「幸せに、なるのですよ」

「お母様、今日まで、お世話になりました」

「一人前のような顔をして。あなたが私の娘であることは、結婚《けっこん》しても変わらないのですからね。もしも、何かあったら、すぐに連絡《れんらく》してくるのですよ」

「はい。とても、心強く思います」

クリスティーヌはドレスに皺《しわ》ができないよう、優しくリュシアンを抱《だ》きしめた。

リュシアンはクリスティーヌの耳元で「ありがとうございました」とこれまでの感謝の気持ちを伝えた。

離れると、クリスティーヌの目に涙が浮かんでいる。

「お母様……！」

「お転婆《てんば》だったあなたが、いつになく殊勝《しゅしょう》な態度でいるので、感極《かんきわ》まっただけですよ」

「お転婆、でしたか？」

「畑で一日中遊び回る娘を、お転婆と言わずしてなんと言うのでしょうか？」

「そう、ですね」

ロザリーが差し出したハンカチで、クリスティーヌの美しい涙を拭う。背中を優しくぽんぽんと叩《たた》いたら、余計に泣いてしまった。

真っ赤な顔をしたクリスティーヌとは、ここで別れる。リュシアンのせいで化粧をし直さなければならないと、怒られてしまった。

最後に、クリスティーヌはリュシアンのベールを下ろす。

ベールには魔除《まよ》けの力があり、花嫁を悪《あ》しき者から守ってくれるのだ。ベール下ろしと呼ばれる、母親の最後の仕事でもあった。

リュシアンの視界は、レースのベールで遮《さえぎ》られる。

「では、お母様、いってまいります」

「ええ」

裏口から外に出て、玄関口《げんかんぐち》のほうへと回り込む。ドレスの裾《すそ》をたくしあげ、長いベールはソレーユとロザリーが持ち上げる。

玄関の周辺にも、赤絨毯《あかじゅうたん》が敷かれていた。そこで、フォートリエ子爵が待っていた。

「お父様、お待たせいたしました」

「う、うむ」

娘を六人も送り出してきたフォートリエ子爵であったが、ガチガチに緊張しているようだった。

「お父様、大丈夫ですの？」

「ダイジョウブ、ダ」

リュシアンの問いかけに対し、棒読みで返す。大丈夫な状況ではないだろう。

フォートリエ子爵の震える手を握り、リュシアンは感謝の気持ちを伝えた。

「お父様、これまで、たくさんのご迷惑《めいわく》をおかけしました。おかげさまで、わたくしは何不自由なく育ち、こうして結婚式の日を迎えることができました」

「アン！　いろいろあったが、お前は、自慢《じまん》の娘だ！」

フォートリエ子爵は、突然滝《とつぜんたき》のような涙を流す。

「まあ、大変！」

ここで泣かれるとは、想定外であった。今度はソレーユからハンカチを借りて、フォートリエ子爵の涙を拭ってあげる。泣《な》き止《や》むのに、五分もかかってしまった。

「お父様、今度こそ本当に大丈夫でしょうか？」

「ふむ、問題ない」

威厳《いげん》たっぷりに返したが、目と顔は真っ赤である。いかにも泣きました、という感じだが、これ以上参列者を待たせるわけにはいかないだろう。

「では、始めるぞ！」

フォートリエ子爵が合図を出すと、執事《しつじ》が中に知らせに行く。その間に、リュシアンはフォートリエ子爵と腕を組んだ。

しばらく経ち、扉《とびら》が開かれた。ステンドグラスは太陽の光を浴び、美しい模様を床《ゆか》に映し出す。その先で、コンスタンタンがリュシアンを待っていた。

騎士隊《きしたい》の白い正装姿が、実にまぶしい。絵本の中から飛び出してきたような騎士だと、リュシアンは思った。

床につくほど長いベールをロザリーとソレーユが持ってくれる中、一歩、一歩と赤絨毯の上を進んでいく。

見守ってくれる野菜サロンのメンバーや農業従事者の顔を見ると、泣きそうになった。

コンスタンタンのもとにやってきて、父親は手を放す。リュシアンを優しく抱擁《ほうよう》したあと、なぜかコンスタンタンまでも抱きしめていた。

コンスタンタンは自分までフォートリエ子爵に抱きしめられるとは思っていなかったのだろう。明らかに、動揺《どうよう》していた。だが、何か耳元で囁《ささや》かれたのか、コクコクと頷いている。

リュシアンを抱きしめる時間よりも、長かった。それはどうなのかと思っている間に、フォートリエ子爵はクリスティーヌのもとへと歩いて行った。

今度は、コンスタンタンと腕を組み、神父の待つ祭壇の前に歩いて行く。

ここで、神父の前で結婚の誓《ちか》いをするのだ。

まず、神父が参列者へ呼びかける。

「本日、この若き男女が夫婦《ふうふ》となります。意義がある者は、いませんね？」

シンと静まり返っている。神父は深く頷き、聖書から引用した言葉を聞かせる。

神父の説教が終わると、誓いの言葉が読み上げられる。

「コンスタンタン・ド・アランブール――汝《なんじ》は、神の導きによってリュシアン・ド・フォートリエを妻とし、順境なるときも、逆境なるときも、健《すこ》やかなるときも、病《や》めるときも、喜びのときも、悲しみのときも、富めるときも、貧しいときも、相手を愛し、敬い、慰《なぐさ》めあい、ともに生き、命ある限り真心を尽くすことを誓いますか?」

「はい、誓います」

今度は、リュシアンに問いかけられる。

「リュシアン・ド・フォートリエ――汝は、神の導きによってコンスタンタン・ド・アランブールを夫とし、順境なるときも、逆境なるときも、健やかなるときも、病めるときも、喜びのときも、悲しみのときも、富めるときも、貧しいときも、相手を愛し、敬い、慰めあい、ともに生き、命ある限り真心を尽くすことを誓いますか?」

「はい、誓います」

「今、この瞬間《しゅんかん》、二人は夫婦として、認められました。誓いの印として、指輪を交換《こうかん》してください」

アニーが、指輪が載《の》った銀盆《ぎんぼん》を運んでくれる。

まず、コンスタンタンがリュシアンのファイアオパールの指輪を手に取り、左手の薬指に嵌《は》めてくれた。

次に、リュシアンが揃《そろ》いのファイアオパールの指輪を、コンスタンタンの左手の薬指に嵌める。

「続いて、誓いの口づけを」

コンスタンタンは、クリスティーヌが下ろしたベールを上げた。これは、魔除けのベールを上げる代わりに、夫となる者が花嫁を生涯守るという意味がある。

リュシアンは瞳《ひとみ》に涙を溜《た》めながら、コンスタンタンを見上げた。

優しく肩を掴《つか》まれ、そっと唇《くちびる》と唇が重なり合う。同時に、リュシアンの涙がこぼれ落ちた。

口づけをしたことにより、コンスタンタンとリュシアンの誓いは永遠のものとなった。

結婚《けっこん》証明書に署名したら、コンスタンタンとリュシアンは正式な夫婦となる。参列者が、拍《はく》手《しゅ》をもって祝福してくれた。

「それでは、新郎《しんろう》新婦が退場します！」

参列者の手から、フラワーシャワーが降り注ぐ。綿毛のような、ふわふわとした花である。よく見たら、ニンジンの花だったので、リュシアンは笑ってしまった。

「アン、どうした？」

もう、夫婦なので、コンスタンタンはリュシアンを「アン嬢」とは呼ばない。初めて「アン」と呼ばれ、照れくさいながらも嬉《うれ》しいという気持ちがこみ上げてきた。

ニンジンの花が、降り注ぐ。夢のように、美しい光景であった。

「コンスタンタン様、このお花、ニンジンなんです」

「ああ、言われてみたら、畑で見たことがあるな。きれいだ」

「ええ」

王の菜園で行われる結婚式に相応《ふさわ》しい、フラワーシャワーである。リュシアンは幸せな気分で、通り過ぎた。


結婚式が終わったら、そのまま披露宴である。新郎新婦を残し、参列者は二階にある会場へ向かった。

コンスタンタンとリュシアンは、そのまま王の菜園を眺《なが》める。

「コンスタンタン様、今日は、よいお天気ですわね」

「先日の雨が、信じられないくらいだな」

「ええ。どうなるかと思っておりましたが――」

大雨と強風の被害《ひがい》も、ほとんどなかった。怪我人《けがにん》もなく、風邪《かぜ》を引いた人もいない。

「無事、結婚式の日を迎えることができて、心から嬉しく思います」

風が吹《ふ》き、コンスタンタンのマントが揺れる。王の菜園の騎士の証《あかし》である、裏地の緑が見えた。眺めていると、初めてコンスタンタンに出会った日を思い出す。

王の菜園にやってきてから、本当にいろいろあった。

どんな事件や騒《さわ》ぎが起きても、コンスタンタンとリュシアンは共に手と手を取り合って、話し合い、解決してきたのだ。

この先、どんな困難が待ち構えても、コンスタンタンと一緒ならば乗り切れるだろう。そんな自信が、今のリュシアンにはあった。

「アン、母上の婚礼衣装だが、よく似合っている」

「ありがとうございます」

「とても、きれいだ」

続けざまに褒められ、リュシアンは顔が熱くなっていくのを感じていた。

「あの、コンスタンタン様も、すてきです」

「新しく仕立てたものだからな」

「コンスタンタン様自身がすてきなので、そう見えたのですわ」

「そうか」

コンスタンタンは顔を背《そむ》けたが、耳が赤くなっているのを発見してしまう。リュシアンはコンスタンタンが向いたほうへと回り込み、照れた顔をこれでもかと見つめる。

愛《いと》しさがこみ上げ、爆発《ばくはつ》しそうだった。リュシアンはそれを言葉にして、コンスタンタンへと伝えた。

「コンスタンタン様、心から、お慕《した》いしております」

「私も、アンを、心から愛している」

コンスタンタンはリュシアンをぎゅっと抱きしめる。そして、しばし見つめ合った。

先ほどは、誓いの口づけを交《か》わした。

今度は、愛の証を示すために口づけをする。
何よりも甘いひとときを、夫婦となった二人は過ごした。
リュシアンの心は、幸せな気持ちで満たされた。

◇◇◇

王の菜園の騎士と野菜のお嬢様は出会い、恋《こい》に落ちた。
共に過ごすなかで恋は、次第《しだい》に愛へと変わった。
今日、夫婦となり、新しい人生の第一歩を踏み出す。
二人が歩む人生には、溢《あふ》れんばかりの光で溢れていた。

あとがき

こんにちは、江本マシメサです。

この度は、『王の菜園』の騎士と、『野菜』のお嬢様』の第三巻をお手に取っていただき、誠にありがとうございました。

今回なんと、オール書き下ろしです。

コンスタンタンとリュシアンの恋と愛の行方を、最後まで書かせていただきました。

お楽しみいただけたか、ドキドキです。


ここから先はネタバレがございますので、本編を読まれてからどうぞ！

一巻と二巻はウェブ版（https://ncode.syosetu.com/n6152fc/）をもとに加筆修正したものとなっておりましたが、三巻はウェブ版とはまったく別の展開で話を進めさせていただきました。

最大の変更点は、ソレーユと王太子の恋です。

第三巻ではソレーユは王太子からの結婚の申し出を断り、自分だけの人生を歩き始めます。

最初はウェブ版と同じように二人が復縁して結婚する展開を考えていたのですが、編集さんと話し合い、人生そんなに上手くいくものではないぞ、と思って今の展開に書き直しました。

やはり王族の結婚は、政治的な問題がつきまといます。それを無視して、恋に生きるのもどうかと思い、変更しました。

こういう展開を書くのはおそらく初めてで、いろいろと勉強になりました。

ソレーユごめん！　と思いつつも、王太子を振りに行くシーンの、カラー口絵のソレーユがとっても素敵で……！

きっと、書籍版のソレーユも、遠くない未来でささやかな幸せを見つけていると思います。

ただ、「ソレーユと王太子、くっつかないの？」と思う読者様もいらっしゃるかもしれません。

そこで、朗報がございます。

ウェブ版のほうではなんと、ソレーユと王太子の恋が成就する展開となっているわけです。

王太子×ソレーユ派の読者様は、ウェブ版を読んでいただけたら幸いです。

他にも、ウェブ版にはコンスタンタンとリュシアンの新婚旅行やロザリーの恋、ガーとチョーの日記など、楽しい番外編を書いております！

書籍版を読んだあとは、ぜひともウェブ版の王の菜園の騎士を読んでください。


話は変わりまして。

コミックファイアに掲載されております、コミック版『王の菜園』の騎士と、『野菜』のお嬢様』も、大好評連載中でございます。

毎回言っておりますが、狸田にそ先生のリュシアンは元気いっぱいでかわいく、コンスタンタンはクールでかっこいいんですよね。

現在、ロイクールが華麗に登場するエピソードが始まりました。ロイクール、見た目はイケメンなんですよね。「カッコイイけどこいつはクズだー！」と言い聞かせながら読んでおります。

狸田先生、読むと元気になれる漫画を、いつもありがとうございます！

そして、現在、コミック版『『王の菜園』の騎士と、『野菜』のお嬢様』第一巻が発売中でございます。おまけページに書き下ろし小説を掲載していただいておりますので、合わせてチェックしていただけたら嬉しく思います。


今回も、仁藤あかね先生に素敵なイラストの数々を描いていただきました。

どれも素晴らしいのですが、特に表紙のリュシアンがとっても可愛くって、にやにやが止まりませんでした。ウサギ耳の帽子が、よく似合います。

口絵の結婚式コンスタンタンも、幸せそうで見ているとほんわかした気持ちになりました。結婚指輪をはめているのも、新鮮でした。

仁藤先生、今回もありがとうございました。

また、どこかでご縁がありましたら、嬉しく思います！


担当編集様にも、大変お世話になりました。

素早い原稿返しに、的確なアドバイスやご指摘、そして最後まで作品について真剣に考えていただき、心から感謝しております。

お仕事をご一緒できて、本当に嬉しかったです。

ありがとうございました！


最後に、読者様へ。

コンスタンタンとリュシアンの物語を見守っていただき、ありがとうございました。

皆様の応援のおかげで、物語をお届けすることができました。

感謝の気持ちでいっぱいです。

また、どこかでお会いできる日を、心から楽しみにしております。

江本マシメサ

コミックス1巻
絶賛発売中!!
漫画 狸田にそ
原作 江本マシメサ
キャラクター原案 仁藤あかね
コミックファイアにて大好評連載中!!
http://hobbyjapan.co.jp/comic/

『王の菜園』の騎士と、『野菜』のお嬢様
コミック版
oh no saien no kishi to yasai no ojyou-sama
現在
このウサギ ミートパイにしてやりますわ!
本当にいらっしゃるのね!
畑を天敵から守ってくれる騎士様なんて夢のようですわ
無敵のお転婆令嬢から目が離せない♥

HJ NOVELS
HJN45-03

『王の菜園』の騎士と、『野菜』のお嬢様 3

2020年9月19日　初版発行

著者——江本マシメサ

発行者—松下大介
発行所—株式会社ホビージャパン
〒151-0053
東京都渋谷区代々木2-15-8
電話　03(5304)7604（編集）
03(5304)9112（営業）

印刷所——大日本印刷株式会社

装丁——coil／株式会社エストール

Printed in Japan

ISBN978-4-7986-2295-8　C0076